Die
Karawane

고려대학교 청소년문학시리즈 012

Die
Karawane

빌헬름 하우프
김용현 옮김

카라반

고려대학교출판부
KOREA UNIVERSITY PRESS

차 례

카라반

어느 날 대규모의 카라반이 사막을 가로질러 가고 있었습니다. 모래와 하늘밖에 보이지 않는 끝없이 펼쳐진 대지에서 낙타 종소리와 말의 은방울 소리가 저 먼 곳에서부터 들려 왔습니다. 카라반에 앞서 가는 짙은 먼지구름이 카라반이 가까이 있음을 알려 주었습니다. 바람이 휙 하고 불어 구름이 갈라지자, 그 사이로 번쩍이는 무기와 빛나는 옷들이 눈에 확 들어옵니다. 카라반은 옆에 서 있던 남자에게 이렇게 다가왔습니다. 이 남자는 멋진 아라비아산 말을 타고 있었습니다. 이 말의 안장에는 호랑이 가죽이 덮여 있었고, 말의 검붉은 끈에는 은색 종이 달려 있었으며 말의 머리에는 왜가리 깃 장식이 나부끼고 있었습니다. 그의 모습은 당당해 보였고, 입은 옷은 그 준마의 화려함과 비교해 뒤지지 않았습니다. 그는 금으로 장식된 하얀 터번을 쓰고 있었고, 타오르는 불 같은 붉은색 웃옷과 바지를 입고 있었으며, 또한 허리춤에는 화려한 손잡이가 달린 신월도를 차고 있었습니다. 그는 터번을 얼굴 깊숙이 눌러 쓰고 있었고, 짙은 눈썹 밑에서 번뜩이는 검은 눈과 매부리코 아래에 걸려 있는 긴 수염은 그의 거칠고 대담한 모습을 보여 주었습니다. 카라반의 선두에서 오십 보가량 떨어진 곳에 있던 그는 말을 급히 몰아 순식간에 그 행렬의 선두에 도달했습니다. 사막을 혼자서 가로질러 가는 사람을 만나는 것은 아주 드문 일이라, 그 행렬의 호위병들은 그 남자가 습격하는 줄 알고 그에게 창을 겨누었습니다. 이 낯선 사람은 자신이 싸움을 벌이려 온 것처럼 받아들여지는 것을 알고는 소리쳐 물었습니다.

"무엇을 원하는지요? 나 혼자 카라반을 습격할 것이라고 생각하는 겁니까?"

그러자 호위병들은 부끄러워하면서 창을 다시 세웠고, 그들의 지휘관은 이 낯선 남자에게 다가가서 원하는 것이 무엇인지를 알아보았습니다. 그러자 그 남자는 물었습니다.

"이 카라반의 주인이 누구신지요?"

질문을 받은 이 지휘관은 대답했습니다.

"이 카라반은 한 사람 것이 아니고, 여러 사람이 그 주인입니다. 이 사람들은 메카[마호메트의 출생지이자 이슬람교의 성지—옮긴이]에서 고향으로 가는 길인데, 온갖 불한당과 도적들 때문에 우리가 사막을 지나는 길을 호위하고 있습니다."

그러자 이 낯선 남자는 부탁했습니다.

"나를 상인들에게 데려다 주시오."

그 지휘관은 대답했습니다.

"그렇게 할 수는 없습니다. 우리는 쉬지 않고 계속 가야만 하고 상인들은 최소한 십오 분 정도 거리를 두고 우리 뒤에 있습니다. 그렇지만 오후에 휴식을 취하기 위해 진을 칠 때까지 같이 가기를 원하신다면, 그것은 괜찮습니다."

낯선 남자는 이 말을 듣고 아무 말도 하지 않았습니다. 그러고는 지휘관 옆으로 다가가면서, 안장에 단단히 묶어 놓았던 기다란 파이프를 꺼내서 담배를 피우기 시작했습니다. 지휘관은 이 낯선 사람을 어떻게 해야 할지 몰랐습니다. 그의 이름을 물어볼 엄두도 못 내고 그저 억지로 대화를 끌어가려고 애쓸 뿐이었습니다. 가령 "좋은 담배를 피시네요"라든지 아니면 "당신 말의 걸음걸이가 훌륭하네요" 등으로 말을 붙여 보았지만, 낯선 남자는 짧게 "예"라고 대답할 뿐이었습니다. 그러는 가운데 어느덧 그들은 오후에 쉬어 갈 곳에 도착했습니다. 지휘관은 부하들을 보초로 세워 두고, 자신은 낯선 사람과 함께 카라반이 오기를 기다렸습니다. 짐이 많이 실린 서른 마리의 낙타가 무장한 사람들의 호위를 받으며 왔습니다. 낙타가 지나간 후에 카라반의 주인인 상인 다섯 명이 멋진 말을 타고 다가왔습니다. 대부분 나이가 어느 정도 든 남자들이었는데 진지하고 신중하게 보였지만, 한 사람만은 훨씬 어려 보였고 더 쾌활하고 명랑하게 보였습니다. 많은 낙타들과 짐 싣는 말들이 그 뒤로 줄지어 왔습니다.

사람들은 천막을 치고 그 주변에 낙타와 말을 매어 놓았습니다. 한가운데에 파란색 명주로 된 커다란 천막이 있었습니다. 지휘관은 낯선 사람을 그곳으로 데리고 갔습니다. 지휘관과 낯선 사람이 천막 문을 걷고 들어섰을 때, 금실로 짠 방석에 앉아 있는 다섯 명의 상인들과 상인들에게 음식과 마실 것을 건네주는 흑인 노예들이 보였습니다. 젊은 상인이 지휘관에게 소리쳐 물었습니다.

"누구를 모시고 왔습니까?"

질문 받은 지휘관이 대답하기도 전에 낯선 사람이 말했습니다.

"내 이름은 셀림 바루흐이고, 바그다드〔현재 이라크의 수도—옮긴이〕 출신입니다. 메카로 가는 여행길에 도둑 떼에게 붙잡혔다가 사흘 전에 몰래 도망쳐 나왔습니다. 위대한 예언자가 카라반 종소리를 멀리서 듣게 하셔서, 여러분에게 오게 되었습니다. 여러분과 함께 여행하는 것을 허락해 주십시오. 여러분은 아무것도 아닌 사람에게 은혜를 베푸는 것이 아니니, 바그다드에 도착하면 여러분의 선행에 충분히 보답하겠습니다, 나는 재상의 조카입니다."

그러자 가장 나이 많은 상인이 말을 받아 대답했습니다.

"셀림 바루흐, 우리의 휴식처에 온 것을 환영합니다. 당신을 돕게 되어서 기쁩니다. 그러고 있지 말고 앉아서 우리와 함께 먹고 마시지요."

셀림 바루흐는 상인들과 앉아서 함께 먹고 마셨습니다. 식사를 마치고 나자 노예들이 그릇을 치우고 긴 파이프와 터키식 샤베트〔과일즙으로 만든 차가운 음료—옮긴이〕를 가지고 왔습니다. 내뿜은 푸른 연기 구름이 동그랗게 말리고 찌그러졌다가 대기로 사라져 버리는 것을 보면서, 상인들은 오랫동안 아무 말도 없이 앉아 있었습니다. 젊은 상인이 마침내 침묵을 깼습니다.

"우리는 사흘째 이렇게 말 위와 식탁 둘레에만 앉아 있었습니다. 아무것도 하지 않고 시간을 보냈습니다. 저는 식사 후에 무희를 보거나 노래와 음악을 듣는 것에 익숙해져 있기에 이런 것이 너무 따분하고 지루합니다. 친구 여러분, 시간을 재미있게 보내기 위해서 할 만한 것이 없는지요?"

네 명의 늙은 상인들은 계속해서 담배를 피웠고, 진지하게 생각하는 것처럼 보였습니다. 이때 낯선 사람이 말했습니다.

"허락하신다면 제안을 하나 하고 싶습니다. 우리 가운데 한 사람이 휴식처에서 쉴 때마다 다른 사람들에게 이야기를 해 주는 것입니다. 이렇게 하면 시간을 지루하지 않게 보낼 수 있을 것입니다."

이 말을 듣고 가장 나이 많은 상인 아흐메트가 말했습니다.

"셀림 바루흐, 참 좋은 의견을 말했습니다. 이 제안을 받아들이도록 하지요."

그러자 셀림은 말했습니다.

"제 제안이 여러분의 마음에 들었다니, 참 기쁩니다. 터무니없는 요구가 아니라는 점을 알 수 있도록, 제가 시작하도록 하지요."

다섯 명의 상인들은 즐거운 마음으로 좀더 가까이 다가 앉았고, 낯선 사람을 가운데 앉도록 했습니다. 노예들은 잔을 다시 가득 채웠고, 파이프에 담배를 새롭게 담았고 또한 불을 붙이기 위해 붉게 타오르는 석탄을 가져왔습니다. 셀림은 샤베트을 단숨에 마시며 목소리를 가다듬었고, 입 위의 긴 수염을 어루만지고 나서 말했습니다.

"자 이제 여러분은 황새가 된 칼리프 이야기를 듣게 되실 것입니다."

황새가 된 칼리프

I

바그다드의 칼리프〔칼리프는 이슬람 국가의 군주—옮긴이〕 하시드는 어느 아름다운 오후 소파에 편안히 앉아 있었습니다. 그는 날이 더워서 눈을 잠깐 붙였고, 한숨 자고 난 후에 그의 기분은 한결 좋아졌습니다. 그는 장미향 나는 나무로 만든 긴 파이프로 담배를 피웠고, 이따금씩 노예들이 따라 준 커피를 마셨습니다. 커피 맛이 좋을 때면 만족스러운 듯 수염을 어루만졌습니다. 그가 이 시간이 되면 항상 온화하고 겸손한 모습을 보였기 때문에, 누구나 이때에 그와 편안하게 대화할 수 있었습니다. 이런 이유로 그의 재상인 만소르는 매일 이 시간에 칼리프를 방문했습니다. 이날 오후에

도 만소르가 왔는데, 평소와는 달리 생각에 깊이 잠긴 것 같았습니다. 칼리프는 입에서 담배를 빼고는 물었습니다.

"어떤 일로 그렇게 생각에 잠겨 있는가?"

그러자 재상은 자신의 팔을 가슴 위에 모으고는 칼리프에게 고개를 숙이고 대답했습니다.

"전하! 제가 심각한 표정을 짓고 있는 줄을 잘 모르겠습니다. 하지만 저기 성 밑에 한 상인이 좋은 물건들을 가지고 왔는데, 제가 가진 돈이 별로 없어서 사고 싶어도 사지 못해 화가 날 뿐입니다."

재상에게 기쁨을 안겨 주는 것을 오래전부터 좋아했던 칼리프는 그 상인을 데려오도록 흑인 노예를 보냈습니다. 곧바로 그 노예는 상인과 함께 돌아왔습니다. 이 상인은 작고 뚱뚱했고 너덜너덜 닳은 짙은 옷을 입고 있었으며, 얼굴은 짙은 갈색을 띠었습니다. 상인은 온갖 물건이 들어 있는 상자를 갖고 있었습니다. 그 안에는 진주와 반지, 온갖 장식이 달린 총, 잔, 빗 등이 있었습니다. 칼리프와 재상은 물건 하나하나를 꼼꼼히 살펴보았습니다. 그러고 나서 칼리프는 자신과 재상을 위해서 멋진 총을, 재상의 부인을 위해서는 빗을 골랐습니다. 상인이 상자를 닫으려고 할 때, 칼리프는 작은 서랍을 발견하고는 그 안에도 물건이 있는지 물었습니다. 상인은 서랍을 꺼내어 보여 주었는데, 그 안에는 검은 가루가 든 통과 칼리프와 만소르 모두가 읽을 수 없는 기이한 글자가 적힌 종이가 있었습니다. 상인은 그 물건에 관해 말했습니다.

"저는 이 두 물건을 어떤 상인에게서 구입했는데, 그 상인은 이것을 메카의 길거리에서 발견했다고 합니다. 이 속에 무엇이 들어 있는지 알지 못합니다. 제게는 필요 없는 물건들이니까, 두 분께 아주 싼 가격에 드리겠습니다."

비록 적혀 있는 글자를 읽을 수는 없어도 오래된 문서를 도서관에 소장하기 좋아하는 칼리프는 그 통과 종이를 구입했고, 상인을 물러가게 했습니다. 그런데 칼리프는 이 종이에 무슨 내용이 적혀 있는지 알고 싶어져, 이것을 해독할 수 있는 사람을 아는지 재상에게 물었습니다. 그러자 재상은 대답했습니다.

"전하! 사원에 셀림이라고 하는 사람이 살고 있는데, 이 사람은 모든 언어를 아는 학자입니다. 그를 부르시지요.

그가 이 신비에 찬 글을 설명할 수 있을지도 모릅니다."

학자 셀림은 곧 불려 왔고, 칼리프는 그에게 말했습니다.

"셀림! 당신이 매우 박식하다고 하는데, 읽을 수 있는지 이 글을 한번 봐 보시오. 이 글을 읽을 수 있다면 새 예복 한 벌을 선물로 받게 될 것이오. 그렇지만 읽지 못한다면 학자 셀림이라는 이름이 걸맞지 않기 때문에, 뺨 열두 대와 발바닥 스물다섯 대를 맞게 될 것이오."

셀림은 머리를 숙여 대답했습니다.

"전하! 분부하신 대로 따르겠나이다."

셀림은 오랫동안 글을 쳐다보고는 갑자기 소리쳤습니다.

"전하! 이것은 라틴어입니다. 그렇지 않다면 제 목숨을 걸겠습니다."

그러자 칼리프는 다시 명령했습니다.

"라틴어라면 무슨 내용인지 말해 보아라."

셀림은 글의 내용을 설명하기 시작했습니다.

"이것을 발견한 사람이여, 은총받기 위해 알라〔이슬람교의 신—옮긴이〕를 찬양하라. 통에 있는 가루를 들이마시고, '무타보르'라고 말하는 사람은 어떤 동물로도 변할 수 있고,

그 동물의 말도 이해할 수 있을 것이다. 만약에 인간의 모습으로 다시 되돌아오고 싶다면, 동쪽을 향해 절을 세 번 하고 그 주문을 말하면 되느니라. 하지만 동물로 변해 있는 동안에 웃지 않도록 조심하라. 만약에 웃게 되면 주문이 네 기억에서 완전히 사라지게 되고, 너는 동물로 남게 될 것이다."

학자 셀림이 글의 의미를 설명하자, 칼리프는 대단히 기뻐했습니다. 어느 누구에게도 이 비밀에 관해서 말하지 말라고 학자에게 단단히 일러두고는, 칼리프는 아름다운 옷을 선물로 주고 물러가게 했습니다. 그리고 칼리프는 재상에게 말했습니다.

"만소르, 이 물건 사기를 정말 잘 한 것 같소! 동물이 될 수 있다니 얼마나 기쁜지 모르겠소. 내일 아침 일찍 나에게 오시오. 우리 함께 들판으로 나가서 이 통의 가루를 들이마시고, 대기와 물 속에서 그리고 숲과 들판에서 오고가는 이야기를 들어 봅시다."

II

다음 날 칼리프 하시드가 아침 식사를 마치고 옷을 입기가 무섭게, 재상은 명령받은 대로 산책길에 동행하기 위해서 칼리프에게 왔습니다. 칼리프는 마법가루가 든 통을 허리띠에 꽂고는, 신하들에게 따라오지 말라고 명령한 후에 재상과 함께 길을 나섰습니다. 칼리프와 재상은 먼저 궁전의 넓은 정원을 지나갔습니다. 그리고 요술을 시험해 보기 위해서 살아 있는 무엇인가를 찾았으나 소용없었습니다. 그러자 재상은 많은 동물들, 특히 위엄에 찬 모습과 딱딱거리는 부리의 소리로 주의를 끌었던 황새들이 많이 모이는 연못으로 가 보자고 제안했습니다.

칼리프는 재상의 제안을 받아들여 연못으로 함께 갔습니다. 연못에 도착했을 때, 개구리를 찾아 열심히 오르내리고 이따금 딱딱거리는 황새 한 마리가 보였습니다. 그리고 하늘 높이 이곳을 향해 날아오는 다른 황새도 보였습니다.

재상은 말했습니다.

"전하, 긴 다리를 가진 이 동물들이 서로 이야기를 나누고 있다면, 우리가 황새가 되는 것은 어떻겠습니까?"

칼리프는 대답했습니다.

"그래, 그렇게 하도록 하지! 그런데 그 전에 우리가 어떻게 인간으로 다시 되돌아올 수 있는지 기억해 둬야겠네. 맞아! 동쪽을 향해서 세 번 절하고 '무타보르'라고 말하면, 나는 다시 칼리프가 되고, 자네는 재상이 되는 거야. 그런데 웃어서는 절대 안 돼, 그랬다가는 우리 둘 다 칼리프고 재상이고 다 끝장이야."

그렇게 말하는 한편, 칼리프는 다른 황새가 머리 위에 떠돌다가 천천히 땅으로 내려오는 것을 보았습니다. 그는 잽싸게 허리춤에서 통을 꺼내서 가루 한 줌을 쥐어서는 재상에게 내밀었습니다. 재상도 마찬가지로 가루를 들이마시고, 두 사람 모두 외쳤습니다.

"무타보르."

그러자 그들의 양 다리는 오므라들면서 가늘고 붉게 되었습니다. 칼리프와 재상의 노란 신발은 이상한 모양의 황새 발로 변했고, 팔은 날개가 되었습니다. 또한 목은 어깨에서 쑥 나와서 길게 늘어났고, 수염은 없어졌으며 몸은 하얀 깃털로 덮였습니다.

한참 동안 놀란 후에 칼리프는 말했습니다.

"재상, 부리가 아주 보기 좋네. 맹세컨대, 평생에 이런 것을 본 적이 없어."

머리를 숙이며 재상은 말했습니다.

"감사합니다. 제가 말씀드려도 괜찮다면, 전하께서는 칼리프 때의 모습보다 지금의 황새가 되신 모습이 훨씬 멋져 보이십니다. 허락하신다면, 저쪽에 있는 우리 황새 동료들이 무슨 말을 하는지를 들어 보고, 우리가 정말 황새의 말을 이해할 수 있는지 알아보시지요?"

그러는 사이에 다른 황새가 땅 위로 내려와 부리로 발을 닦고 깃털을 가다듬고는 다른 황새에게 다가갔습니다. 방금 전까지만 해도 칼리프와 재상이었던 두 마리의 황새는 서둘러 그들 곁으로 갔고, 놀랍게도 황새들의 대화를 알아듣게 되었습니다.

"안녕하세요? 긴다리 부인, 이렇게 이른 아침에 초원에 나오시다니?"

"딱딱부리 부인도 안녕하시죠? 아침 식사를 조금 가져

왔어요. 작은 도마뱀이나 개구리 뒷다리 좀 드시겠어요?"

"감사합니다만, 오늘은 식욕이 없네요. 저는 오늘 다른 일로 이곳에 왔어요. 오늘 아버님 손님들 앞에서 춤을 춰야 하는데, 조용히 연습 좀 하려고요."

그러고 나서 이 젊은 황새는 독특한 동작으로 들판을 가로질러 갔습니다. 칼리프와 만소르는 놀란 표정으로 이 황새를 쳐다보았습니다. 이 황새가 그림 같은 자세로 한 발로 서서 우아하게 날개를 퍼덕일 때, 그들은 더 이상 참을 수가 없었습니다. 부리에서 터져 나온 웃음은 한참 지나서야 비로소 멈췄습니다. 칼리프가 먼저 마음을 가라앉히고 소리쳤습니다.

"이거 정말 재미있어! 금을 주고도 살 수 없는 구경거리야! 저 바보 같은 새들이 우리 웃음 때문에 날아가 버려서 유감이야, 그렇지 않았더라면 저 새들은 노래도 했을 텐데 말이야."

바로 그때 동물로 변해 있는 동안에는 웃으면 안 된다는 사실이 재상에게 번뜩 떠올랐습니다. 그래서 그는 자신의 두려움을 칼리프에게 말했습니다.

"세상에 어쩌나! 황새로 계속 있어야 한다면, 정말 끔찍한 일이야! 그 바보 같은 주문을 생각해 보세요, 저는 알 수가 없습니다."

"동쪽을 향해서 세 번 절을 해야 하고, 뭐라고 말해야 하는데… 무— 무—"

그들은 동쪽을 향해서 섰고, 부리가 땅에 닿을 정도로 연이어서 절을 했습니다. 그렇지만 애석하게도 그 마법의 주문은 생각나지 않았습니다. 칼리프가 절을 할 때마다, 재상도 갈망하는 마음으로 무— 무—를 외쳤습니다. 그렇지만 그 주문에 대한 모든 기억이 사라져 버렸고, 불쌍한 하시드와 재상은 황새로 남는 신세가 되었습니다.

III

마법에 걸린 칼리프와 재상은 슬픔에 잠긴 채 들판을 떠돌아다녔고, 이런 비참한 상황에서 무엇을 해야 할지 몰랐습니다. 그들은 황새 모습에서 벗어날 수도 없었고, 자신의 신분을 밝히기 위해 도시로 갈 수도 없었습니다. 황새가 되어 버린 자기가 칼리프라고 얘기하면 어느 사람이 그 황새를 믿겠습니까! 그리고 믿는다손 치더라도 바그다드의 백성이 황새를 칼리프로 떠받들 수 있겠습니까?

그들은 며칠 동안 숨어서 돌아다녔고, 긴 부리 때문에 제대로 먹을 수도 없어서 야생 과일로 간신히 연명했습니다. 게다가 위를 다칠까 무서워서 도마뱀이나 개구리는 먹을 생각도 못 했습니다. 슬픔에 찬 나날 가운데 유일한 낙은 그들이 날 수 있다는 것이었습니다. 그래서 그들은 자주 바그다드의 지붕 위로 날아가서는 무슨 일이 있는지 둘러보았습니다.

그들은 처음 며칠 동안 커다란 동요와 슬픔을 거리에서 볼 수 있었습니다. 황새로 변한 지 나흘째 되던 날 칼리프와 재상은 궁전 위에 앉아 있다가, 거리에서 벌어지는 화려한 행진을 보게 되었습니다. 북과 피리 소리가 울려 퍼지는 가운데 금으로 짠 주홍빛 외투를 입은 한 남자가 멋지게 장식된 말 위에 앉아 있었습니다. 그는 화려하게 차려입은 신하들에 둘러싸여 있었고, 바그다드의 백성들은 그를 향해 달리며 소리쳤습니다.

"미즈라 만세! 바그다드 왕 만세!"

이때 궁정 지붕에 앉아 있던 두 황새는 서로를 쳐다보았고, 칼리프는 말했습니다.

"재상! 내가 왜 마법에 걸렸는지 이제 알겠느냐? 미즈라는 나의 천적, 강력한 마법사 카슈누르의 아들인데, 이 마법사는 곤경에 처해 있었을 때 내게 복수를 맹세했었지. 그렇지만 나는 아직 희망을 버리지 않았소. 이 비참한 때에 충실한 나의 동반자여, 이리 오시오. 우리 함께 예언자〔마호메트—옮긴이〕의 무덤으로 갑시다. 성스러운 곳에서 이 마법이 풀릴 수도 있으니까 말이오."

그들은 궁전 지붕에서 일어나 메디나〔사우디 아라비아의 서부 지역에 있는 도시이고, 메카 다음의 이슬람교의 성지로 예언자 마호메트의 무덤이 이곳에 있다—옮긴이〕 지역으로 날아갔습니다.

이 황새들은 연습을 충분히 하지 못한 까닭에 잘 날 수가 없었습니다. 몇 시간을 날아간 후에 재상은 끙끙대면서 말했습니다.

"오 전하, 황송하옵게도 더 이상 참을 수가 없습니다. 너무 빨리 날고 계십니다. 그리고 어느덧 밤이 되어 가는데, 묵을 곳을 찾는 것이 좋을 듯싶습니다."

하시드는 재상의 간청을 들어주었습니다. 그래서 쉴 만한 장소가 있을 것 같은 폐가를 계곡에서 발견하고는, 하시드와 재상은 그곳으로 날아갔습니다. 그들이 밤을 보내게 된 곳은 한때 성이었던 것 같았습니다. 아름다운 기둥들이 폐허 가운데 우뚝 솟아 있었고, 상당히 잘 보존된 많은 방들은 이 집이 한때 지녔던 화려함을 보여 주고 있었습니다. 하시드와 재상은 적당한 자리를 찾기 위해 주위를 돌아다녔습니다. 이때 만소르 황새가 갑자기 멈춰 서서는 낮은 목소리로 말했습니다.

"유령을 무서워하는 것이 재상에게, 아니 황새에게 바보 같은 일일까요? 섬뜩한 느낌이 듭니다, 이 옆에서 한숨 소리와 신음 소리가 들립니다."

칼리프는 멈춰 섰고, 동물보다는 사람에 더 가까운 낮은 울음소리가 분명히 들렸습니다. 호기심에 차서 칼리프는 신음 소리가 들려오는 곳으로 다가갔습니다. 이때 재상은 부리로 황새 칼리프의 날개를 잡고는 알 수 없는 위험에 빠지지 않도록 간청했습니다. 그렇지만 아무 소용없었습니다! 황새의 날개 밑에서 힘차게 뛰는 담대한 심장을 가진 칼리프는 깃털 몇 개를 떨어뜨리고는 서둘러 어두운 통로로 갔습니다. 그는 기대어져 있는 것처럼 보이는 문에 곧 도착했고, 문에서는 울부짖음이 뒤섞인 신음 소리가 흘러나왔습니다. 그는 부리로 문을 열었으나, 들어가지 못하고 깜짝 놀란 채 문턱에 서 있었습니다. 커다란 올빼미가 조그만 격자창에서 희미하게 불이 비치는 허름한 방의 바닥에 앉아 있었습니다. 굵은 눈물이 올빼미의 커다랗고 동그란 눈에서 흘러내렸고, 올빼미는 쉰 목소리로 구부러진 부리에 대한 탄식을 쏟아 냈습니다. 그렇지만 칼리프와 슬그머니 다가온 재상을 보고는 올빼미는 기쁨에 차서 큰 소리를 질렀습니다. 그리고 올빼미는 갈색 날개로 눈물을 닦아 내고는 놀랍게도 버젓하게 아랍어로 소리쳤습니다.

"황새 여러분, 환영합니다. 여러분은 내 구원의 표시입니다. 황새를 통해서 행운이 온다고 일전에 예언을 받은 적이 있었습니다."

놀란 마음을 서서히 가라앉히고 나서, 칼리프는 긴 목으로 절을 하고 가느다란 발을 우아한 자세로 모아 놓고는 말했습니다.

"올빼미여! 당신의 말에서 연민을 느끼게 됩니다. 그렇지만 우리를 통해서 당신이 구출된다는 희망은 갖지 말기 바랍니다. 우리 이야기를 듣게 되면, 우리가 당신을 도울 수 없다는 것을 알게 될 테니까요."

그러자 올빼미는 칼리프에게 이야기를 들려 달라고 부탁했고, 칼리프는 우리가 이미 알고 있는 이야기를 하기 시작했습니다.

IV

칼리프가 올빼미에게 이야기를 들려주고 나자, 올빼미는 감사를 표하면서 말했습니다.

"내 이야기를 들어 보면, 당신 못지않게 나 역시 불행하다는 것을 알게 될 것입니다. 나의 아버지는 인도의 왕이고, 나는 그의 불행한 외동딸입니다. 제 이름은 루사입니다. 당신들에게 마법을 건 그 마법사 카슈누르가 나도 불행의 구렁텅이로 몰아넣었습니다. 어느 날 그가 아버님께 찾아와서, 나를 자기 아들, 즉 미즈라의 아내로 삼게 해 달라고 간청했습니다. 성격이 불같은 나의 아버지는 그를 계단으로 내던지게 했습니다. 그런데 비열한 마법사는 다른 모습으로 내게 다시 다가왔습니다. 어느 날 내가 정원에서 마실 것을 가져오라고 하자, 노예로 변장한 그는 내게 음료수를 갖다 주었습니다. 그 음료수를 마신 후에 나는 이렇게 흉측스러운 모습으로 변하게 되었답니다. 그러고는 그는 너무도 놀란 나머지 의식을 잃은 나를 이곳으로 데려다 놓고는 끔찍한 목소리로 내 귀에 대고 소리쳤습니다.

'너는 짐승들에게도 멸시받는 흉측한 꼴로 그곳에 살아야 해, 네가 죽거나 아니면 누군가가 끔찍한 모습으로 변한 너를 자진해서 신부로 맞이할 때까지 말이야. 이렇게 너와 자존심 강한 네 아버지에게 복수하고 있는 거야.'

그런 일이 있은 지 몇 달이 지났습니다. 나는 은둔자로 외롭고 슬프게 이 방에서 살고 있었습니다. 세상에서 멀어지고 동물들에게조차 혐오스러운 존재로 말입니다. 낮에는 볼 수 없기 때문에 아름다운 자연은 내게 닫혀 있었고, 달의 흐릿한 빛이 담 너머로 살짝 비칠 때 앞을 가린 막이 눈에서 떨어집니다."

올빼미는 이야기를 마치고는, 흘러내린 눈물을 날개로 훔쳤습니다.

공주가 이야기하는 동안 깊은 생각에 빠졌던 칼리프가 말했습니다.

"내 생각이 틀리지 않다면, 우리들이 당한 불행에는 은밀한 관계가 있습니다. 그렇지만 이 수수께끼의 열쇠를 어디에서 찾을 수 있을까요?"

올빼미가 그에게 대답했습니다.

"오, 왕이시여! 생각나는 것이 있는데, 황새가 내게 큰 행운을 가져다줄 것이라고 어렸을 때에 현명한 여인이 예언했었습니다. 우리가 어떻게 구조될 수 있는지를 알 수 있을 것 같습니다."

칼리프는 깜짝 놀라서 어떤 방법이 있는지를 물었고, 그녀는 대답했습니다.

"우리 모두를 불행하게 만든 마법사는 한 달에 한 번씩

이 폐허로 옵니다. 이 방에서 멀지 않은 곳에 큰 홀이 있는데, 그는 그곳에서 다른 동료들과 함께 향연을 즐기곤 합니다. 나는 벌써 몇 번이나 그들이 나누는 이야기를 들었습니다. 그들은 자신들이 저지른 비열한 짓거리를 이야기하는데, 아마도 당신들이 잊어버린 주문도 말할지도 모릅니다."

칼리프가 소리쳤습니다.

"오, 귀하신 공주여! 그가 언제 오는지 그리고 그 홀이 어디인지 말해 주시오."

올빼미는 한동안 말없이 있다가 입을 열었습니다.

"불쾌하게 생각하지 마시기 바랍니다. 제가 제시하는 조건 하나를 들어주셔야 당신의 소원도 들어줄 수 있습니다."

그러자 하시드가 소리쳤습니다.

"말해 보시오, 어서! 어떤 것이든 괜찮소."

올빼미 공주가 말했습니다.

"나도 같이 자유롭고 싶습니다. 그런데 이 자유는 당신들 가운데 한 사람이 제게 청혼해야만 가능합니다."

황새들은 이 제안을 듣고 다소 당황한 것처럼 보였습니다. 칼리프는 잠깐 나가자고 재상에게 눈으로 신호를 보냈습니다.

칼리프는 문 앞에서 말했습니다.

"재상, 이것은 황당하기 그지없는 거래이지만, 당신이 이 제안을 받아들여야겠소."

재상은 대답했습니다.

"뭐라고요? 집으로 돌아가면 내 아내가 내 눈을 뽑아 버릴 것입니다. 그리고 저는 늙었습니다. 그런데 전하께서는 아직 젊고, 결혼도 안 하셨습니다. 그러니 젊고 아름다운 공주에게 청혼하실 수 있습니다."

이에 칼리프는 날개를 드리운 채 한숨을 쉬면서 말했습니다.

"바로 그거야, 누가 그녀가 젊고 아름답다고 말했느냐? 이것저것 따질 것 없이 그 제안을 받아들여야 해!"

칼리프와 재상은 이야기를 좀더 나눴습니다. 올빼미와 결혼하느니 차라리 황새로 남고 싶다는 재상의 마음을 알고는, 칼리프는 자신이 청혼해야겠다고 결심했습니다. 올빼미는 이 결정에 매우 기뻐했습니다. 그리고 그녀는 마법사들이 오늘 밤에 모이기 때문에, 칼리프와 재상이 이보다 더 좋은 때에 올 수는 없었을 것이라고 고백했습니다.

그녀는 황새들을 데리고 큰 홀로 함께 갔습니다. 그들은 어두운 통로를 지나서, 반쯤 무너진 벽 틈으로 밝은 빛이 비추는 곳까지 갔습니다. 그곳에 도착하자, 올빼미는 황새들에게 아주 조용히 움직이라고 일렀습니다. 그들은 자신들이 서 있는 곳의 틈에서 커다란 홀을 바라볼 수 있었습니다. 그 홀은 기둥으로 치장되어 있었고, 화려하게 꾸며져 있었습니다. 각양각색의 등이 낮과 같은 빛을 대신하고 있었습니다. 홀 가운데에는 정성들여 준비된 많은 음식으로 뒤덮인 식탁이 있었고, 식탁 둘레에는 소파가 있었는데, 그 위에 여덟 명의 남자가 앉아 있었습니다. 황새들은 이 남자들 가운데 한 명을 알아보았는데, 그는 다름 아닌 자신들에게 마법의 가루를 판 사람이었습니다. 이 마법사 옆에 앉아 있는 동료가 새로운 이야기 좀 해 보라고 요청하자, 이 마법사는 여러 일 가운데 칼리프와 재상에 관한 이야기를 들려주었습니다.

"도대체 어떤 주문을 그들에게 걸었는데?"라고 다른 마법사가 물어보자, 칼리프에게 마법가루를 판 마법사가 대답했습니다.

"정말 어려운 라틴어를 주었지, '무타보르'라고 말이야."

V

벽에 난 틈을 통해 이 단어를 듣자, 황새들은 기뻐서 거의 제정신이 아니었습니다. 그들은 올빼미가 쫓아오지 못할 정도로 긴 다리로 빠르게 폐허의 문으로 달려갔습니다. 그곳에서 칼리프는 간신히 쫓아온 올빼미에게 흥분되고 감격한 마음으로 말했습니다.

"생명의 은인이신 당신께서 우리에게 베풀어 준 일에 대한 영원한 감사의 표시로 나를 당신의 신랑으로 받아주시기 바라오."

그리고 그는 동쪽을 향했습니다. 황새들은 이제 막 산등성이로 올라오는 해를 마주보며 긴 목을 숙여 절을 하고 나서 "무타보르"라고 외쳤습니다. 그러자 그들은 순식간에 칼리프와 재상으로 변했습니다. 새로 선물받은 삶에 대한 기쁨으로 칼리프와 재상은 웃기도 울기도 하면서 서로 껴안았습니다. 그들이 주위를 돌아보고 느낀 그 놀라움을 누가 표현할 수 있겠습니까! 멋지게 꾸민 아름다운 여자가 그들 앞에 서 있었던 것이었습니다. 그녀는 웃음을 머금고 칼리프에게 손을 내밀며 말했습니다.

"올빼미를 못 알아보시겠나요?"

그녀가 올빼미였습니다. 칼리프는 그녀의 아름다움과 우아함으로 황홀해져서 자신이 황새였던 것이 너무나 큰 행운이었다고 외쳤습니다.

이 세 사람은 함께 바그다드로 향했습니다. 칼리프는 자신의 옷에서 마법가루가 든 통뿐만 아니라 돈주머니도 찾았습니다. 그 돈으로 여행에 필요한 물건을 가까운 마을에서 구입했고, 곧 그들은 바그다드 입구에 도착했습니다. 칼리프의 도착으로 바그다드 백성들은 엄청나게 놀랐습니다. 죽은 줄만 알았던 사랑받는 칼리프를 다시 보게 된 백성들은 모두 무척 기뻐했습니다.

동시에 사기꾼 미즈라에 대한 증오는 더욱 커져서, 백성들은 궁전으로 몰려가 늙은 마법사와 그 아들을 붙잡았습니다. 칼리프는 공주가 마법에 걸려 올빼미로 살았던 그 폐허의 방에 늙은 마법사를 가두고 목매달게 했습니다. 그리고 아버지의 속임수에 대해 아무것도 몰랐던 아들에게는 죽을 것인지 아니면 가루를 들이마실 것인지를 선택하도록 했습니다. 마법사의 아들이 가루를 들이마시겠다고 하자, 재상은 그에게 가루를 내밀었습니다. 마법사의 아들은 한 움큼의 가루와 칼리프의 주문으로 순식간에 황새로 변했습니다. 그리고 칼리프는 이 황새를 철로 만든 새장에 가두어서 정원에 세워 두도록 했습니다.

하시드 칼리프는 공주를 아내로 맞아 함께 오랫동안 행복하게 살았습니다. 칼리프에게는 재상이 오후에 방문하는 시간이 가장 유쾌한 때였습니다. 재상이 방문할 때, 그들은 종종 황새에 관한 모험담을 이야기했습니다. 그리고 정말로 기분이 좋을 때, 칼리프는 재상이 황새였을 적에 어떤 모습이었는지를 직접 흉내 내기도 했습니다. 칼리프는 심각한 표정을 짓고는 굳은 발로 오르락내리락 했고,

달그닥 딱딱거리면서 팔을 날개처럼 퍼덕거렸습니다. 그리고 재상이 동쪽을 향해서 절하면서 무— 무—라고 외치는 모습을 보여 주었습니다. 이런 연기는 칼리프의 아내와 아이들에게는 정말 재미있는 구경거리였습니다. 그런데 칼리프가 지나치다 싶게 달그닥 딱딱거리고, 고개를 숙이며 무— 무— 외치면, 재상은 웃으면서 칼리프에게 으름장을 놓았습니다. 왕비가 올빼미였을 때, 문 앞에서 어떤 협상이 이루어졌는지를 칼리프 부인에게 말해 버리겠다고 말입니다.

~~~~~

셀림 바루흐가 이야기를 마치자, 이야기를 들은 상인들은 아주 흡족해했습니다. 한 상인은 천막의 덮개를 젖히면서 말했습니다.

"오후가 어떻게 지나갔는지도 모르게 후딱 가 버렸습니다. 밤바람이 차게 부는데, 오늘 가야 할 길이 제법 됩니다."

그의 동반자들은 이 의견에 동의했습니다. 천막을 걷어
~~~~~

정리하고, 카라반은 늘 해 왔던 것처럼 갈 길을 채비하고 길을 나섰습니다.

낮에는 후덥지근하지만, 밤에는 시원하고 별처럼 밝기 때문에 그들은 밤새 말을 타고 갔습니다. 마침내 평안한 숙영지에 도착한 그들은 천막을 치고 휴식을 취하려고 누웠습니다. 상인들은 낯선 손님을 친구처럼 돌봐 줬습니다. 한 사람은 그에게 베개를, 다른 사람은 덮개를, 또 다른 사람은 노예를 주었습니다. 그렇게 그는 집에 있는 것처럼 좋은 대접을 받았습니다. 무더운 낮 시간이 벌써 다가왔을 때, 그들은 자리에서 일어나 이곳에서 오후를 보내기로 만장일치로 결정했습니다. 식사를 마치고 난 후에, 그들은 다시 가까이 모여 앉았고, 젊은 상인이 가장 연장자를 향해서 말했습니다.

"셀림 바루흐가 어제 우리에게 유쾌한 오후를 마련해 주었는데, 아흐메트, 당신이 오늘 우리에게 이야기 좀 해 주시면 어떨지요? 당신이 겪은 모험 가운데 이야기할 만한 것이든지 아니면 재미있는 동화라든지 말입니다."

자신에게 향한 말을 듣고 아흐메트는 이것을 말할까 저

것을 말할까, 그것도 아니면 이야기를 하지 말까 등 결정을 내리지 못한 듯 한참 동안 말없이 망설이다가 드디어 말하기 시작했습니다.

"친구 여러분! 여러분은 함께 하는 여행길의 진실한 동반자입니다, 이런 나의 신뢰는 셀림에게도 마찬가지입니다. 그래서 내 삶에서 무엇인가를 여러분에게 이야기하려고 합니다. 보통 때는 하고 싶지 않고, 누구에게도 하지 않는 이야기, 즉 유령선에 관한 이야기를 말입니다."

유령선 이야기

나의 아버지는 발소라에 작은 가게를 가지고 있었습니다. 그는 가난하지도 부유하지도 않았으며, 가지고 있는 것마저 잃어버릴까 두려워서 무엇인가를 시도하지 않는 사람들 가운데 하나였습니다. 그는 나를 소박하고 올바르게 양육했고, 얼마 안 있어 나는 아버지를 도울 수 있게 되었습니다. 내가 열여덟 살이 되었을 때, 아버지는 처음으로 좀 더 큰 투자를 하게 되었습니다. 돌이켜 생각해 보면 아버지는 이 투자로 수많은 금화를 바다에 버린 것이 될까 봐 걱정하고 상심해서 돌아가셨던 것 같습니다. 그러고 나서 얼마 안 있어 나는 아버지가 그렇게 돌아가셨던 것이 차라리 행복하다고 말할 수밖에 없었습니다. 왜냐하면 몇 주일 후에 아버지의 화물이 실린 배가 침몰했다는 소식이 도착했기 때문입니다. 그렇지만 이 사건은 젊은 나의 용기를 꺾지는 못했습니다. 나는 아버지가 물려주신 모든 것을 돈으로 바꾸고, 낯선 곳에서 나의 행운을 시험해 보기 위해 길을 나섰습니다. 오랜 애착과 충성심 때문에 나와 나의 운명으로부터 갈라서지 않으려는 아버지의 늙은 종이 길을 따라 나섰습니다.

우리는 발소라 항구에서 순풍을 안고 승선했습니다. 내가 세낸 배는 인도로 갈 예정이었습니다. 우리가 일상적인 항로로 보름 정도 갔을 때, 선장이 폭풍우가 닥칠 것이라고 알려줬습니다. 선장은 폭풍우를 침착하게 대처할 정도로 이 지역의 물길을 잘 알지 못하기 때문인지 심각한 표정을 지었습니다. 그는 모든 돛을 접도록 했고, 우리는 천천히 표류했습니다. 날은 저물어 추워졌고, 선장은 폭풍우의 징후에 속았다고 생각했습니다. 그런데 갑자기 우리가 이제까지 전혀 보지 못했던 배가 우리 배 옆을 휙 지나갔습니다. 큰 환호성과 고함 소리가 갑판에서 울렸는데, 폭풍우를 앞둔 이 무서운 시간에 이렇게 할 수 있나 하고 나는 적지 않게 놀랐습니다. 그렇지만 내 옆에 있던 선장은 죽음을 마주한 듯이 창백한 얼굴로 소리쳤습니다.

"내 배를 잃게 될 거야, 저기에 죽음이 다가오고 있어."

왜 그런 말을 하는지 선장에게 물어보기도 전에 선원들이 비명을 지르면서 들이닥쳤습니다.

"그거 봤어요? 이제 우리는 끝장이에요."

선장은 코란〔이슬람교 경전—옮긴이〕에서 위로의 문구를 찾아서 읽게 했고, 자신이 직접 키를 잡았습니다. 그렇지만 아무 소용없는 일이었습니다! 폭풍우가 눈 깜짝할 사이에 불어닥쳤고, 배는 둔탁한 소리를 내며 부딪치고 꼼짝도 못 하게 되었습니다. 작은 배들이 바다에 던져졌고, 마지막 선원이 구조되기가 무섭게 배는 우리 눈앞에서 가라앉았으며, 나는 구걸하는 사람마냥 바다로 떠돌아다니게 되었습니다. 그렇지만 이 비참한 상황은 이것으로 끝이 아니었습니다. 폭풍우는 더 심해졌고, 작은 배도 더 이상 조종할 수 없었습니다. 나는 늙은 종을 꼭 껴안고, 절대로 떨어지지 말자고 서로 다짐했습니다. 마침내 날이 밝았습니다. 그렇지만 아침 해를 쳐다보는 순간에, 거센 바람이 우리가 앉아 있던 배에 닥쳤고 끝내 배는 뒤집히게 되었습니다.

나와 함께 배에 올랐던 어느 누구도 더 이상 보이지 않았습니다. 배가 뒤집히면서 나는 정신을 잃었고, 다시 정신을 차려 보니 나의 충실한 종의 품에 안겨 있었습니다. 그는 뒤집혀진 배로 가서 자신과 나를 구했던 것이었습니다. 폭풍우는 잠잠해졌습니다. 우리가 승선했던 배는 더 이상 볼 수 없었지만, 멀지 않은 곳에서 다른 배가 보였습니다. 파도에 밀려 그 배에 다가갔을 때, 그것은 지난밤에 우리 배를 스쳐 지나갔고 선장을 두려움에 떨게 했던 바로 그 배였습니다. 나는 그 배를 보고 전율을 느꼈습니다. 이렇게 끔찍하게 확인된 선장의 말과 아무리 다가가도 또한 아무리 소리 질러도 어느 누구도 모습을 보이지 않는 그 배의 황폐한 모습에 나는 두려움을 느꼈습니다. 그렇지만 이 배야말로 우리에게 유일한 구조 수단이었기 때문에, 우리를 이렇게 지켜 준 예언자〔마호메트—옮긴이〕를 찬양했습니다.

배 앞부분에 긴 밧줄이 걸려 있었습니다. 우리는 이 밧줄을 잡으려고 있는 힘을 다해 손과 발을 노로 삼아 그 배를 향해 갔습니다. 마침내 배에 도달해서 다시 소리쳐 보았으나, 배는 죽은 듯이 조용했습니다. 그래서 우리는 밧줄을 타고 배로 올라갔는데, 어린 내가 앞장섰습니다. 하지만 얼마나 놀랐는지! 갑판에 발을 내딛었을 때 어떤 끔찍한 광경이 내 눈앞에 펼쳐졌는지! 바닥은 피로 물들어 있었고, 그 바닥 위에는 터키식 옷을 입은 이십 내지 삼십 구의 시체가 있었습니다. 중간 돛대에는 한 사람이 화려한 옷차림을 하고, 손에는 칼을 들고 서 있었습니다. 그렇지만 그 사람의 안색은 창백했고 찌그러져 있었으며, 그를 돛대에 고정시킨 큰 못이 이마에 박혀 있었습니다. 그 역시 죽어 있었습니다. 공포로 사로잡혀서 나는 발을 내디딜 수가 없었고, 숨조차 제대로 쉬지 못했습니다. 마침내 내 동반자도 갑판 위로 올라왔습니다. 그 역시 살아 있는 것은 아무것도 없고, 무시무시한 시체들만 널려 있는 갑판을 보고 소스라치게 놀랐습니다. 고통과 고뇌 속에서 예언자에게 기도를 마친 후에 우리는 걸음을 내디딜 수 있었습니다. 걸음을 내딛을 때마다 우리는 무서운 일이 일어나지 않을까 마음 졸이며 조심스럽게 살펴보았습니다. 그렇지만 모든 것이 있던 그대로 있었고, 우리와 바다 이외에 살아 있는 것은 아무것도 없었습니다. 돛대에 못 박혀 있는 해적

선장이 굳은 눈으로 우리를 쳐다볼까 아니면 죽은 자들 가운데 하나가 머리를 들까 두려워서 우리는 말도 제대로 못했습니다. 드디어 우리는 선실로 가는 계단에 도달했고, 우리도 모르게 그곳에 멈춰서 서로를 쳐다보았습니다. 어느 누구도 감히 자신의 생각을 말할 수 없었습니다.

나의 충성스런 종이 말을 꺼냈습니다.

"오! 끔찍한 일이 이곳에서 벌어졌나 봅니다. 이 배 아래에 살인자가 가득하더라도, 이 위에 죽은 사람들과 같이 있느니 차라리 내려가서 살인자들에게 항복하겠어요."

나도 그와 같은 생각이어서 마음을 가다듬고 혹시나 하는 마음으로 밑으로 내려갔습니다. 그렇지만 이곳 역시 죽은 듯이 조용했고, 우리 발걸음 소리만 계단에서 울렸습니다. 우리는 선실 문에 다가섰고, 나는 문에 귀를 대고 엿들었는데 아무것도 들을 수 없었습니다. 나는 방문을 열었습니다. 방은 정돈되지 못한 모습이었는데, 옷가지, 무기 그리고 다른 물건들이 서로 뒤엉켜 있었습니다. 모든 것이 여기저기에 널려 있는 것으로 볼 때, 한 무리가 아니면 최소한 선장 혼자라도 얼마 전까지 흥청망청 술을 마셨음에

틀림없었습니다. 우리는 계속해서 이곳저곳으로 또한 이 방 저 방으로 자리를 옮겼고, 도처에서 비단으로 된 멋진 물건, 진주, 설탕 등을 발견했습니다. 배에는 아무도 없었고 이 모든 것을 내가 가져도 된다고 생각했기 때문에, 이 물건들을 바라보는 기쁨으로 나는 정신이 없었습니다. 그 때 우리가 다른 사람들의 도움 없이는 빠져나갈 수 없을 정도로 육지로부터 많이 떨어져 있다는 점을 이브라힘이 일깨워 줬습니다.

우리는 앞에 놓인 음식과 음료수를 먹고 기운을 차린 후에 다시 갑판 위로 올라갔습니다. 하지만 끔찍한 시체를 보고 온몸이 다시 오싹해졌습니다. 우리는 이 상황에서 벗어나기 위해 시체를 바다에 던져 버리기로 결심했습니다. 그렇지만 죽은 사람 가운데 어느 누구도 그 자리에서 떨어지지 않는 것을 알고는 얼마나 소름끼쳤는지 모르겠습니다! 시체들은 마법에 걸린 듯 바닥에 누워 있었고, 그것을 떼어 내려면 갑판의 바닥을 들어내야 하는데 그렇게 하기 위해 필요한 도구가 하나도 없었습니다. 선장도 돛대에서 떼어 낼 수 없었는데, 우리는 그의 손에서 칼조차도 빼앗을 수 없었습니다. 우리 처지를 비참하게 느끼면서 낮 시간을 보냈습니다. 밤이 찾아들었을 때 나는 이브라힘이 잠들도록 놔두었지만, 내 자신은 구조 방법을 찾기 위해 깨어 갑판에 남아 있었습니다. 하지만 달이 뜨고 별자리로 보아 밤 열한시쯤이라고 생각될 때, 도저히 참을 수 없는 졸음이 밀려와서 나도 모르게 갑판에 있는 통 뒤로 떨어지고 말았습니다. 잠들었다기보다는 마취 상태에 빠진 것 같았는데, 배에 부딪치는 파도 소리와 돛이 바람 때문에 삐걱거리고 삑삑거리는 소리가 들렸기 때문이었습니다. 그러다 갑자기 갑판에서 사람들의 음성과 발자국 소리가 들린다고 생각되었습니다. 그 쪽을 쳐다보려고 일어나려고 했지만, 보이지 않는 힘이 내 사지를 붙들어서 나는 눈도 뜰 수 없었습니다. 그렇지만 음성은 점점 더 분명해졌고, 흥에 겨운 뱃사람들이 갑판에서 이리저리 뛰는 것처럼 나에게 느껴졌습니다. 그 가운데 명령하는 사람의 힘찬 목소리가 들렸고, 밧줄과 돛이 오르락내리락하는 것도 들렸습니다. 하지만 내 감각은 점점 더 무뎌지고, 무기 소리밖에 안 들리는 깊은 잠에 빠졌습니다. 그리고 중천에 떠오른

해가 내 얼굴을 강하게 비출 때가 되어서야 나는 깨어났습니다. 깜짝 놀라서 나는 주변을 둘러보았습니다. 폭풍우, 배, 죽은 사람들 그리고 밤에 들었던 소리 등 이 모든 것이 나에게는 꿈처럼 여겨졌고, 고개를 들어 주위를 둘러보았을 때 모든 것이 어제와 똑같았습니다. 죽은 사람들은 움직이지 않고 그 자리에 있었고, 선장도 돛대에 고정된 채 있었습니다. 나는 싱거운 꿈이라고 여기고는 자리에서 일어나 나의 종을 찾았습니다.

나의 하인 이브라힘은 깊은 근심에 빠진 듯 선실에 앉아 있었습니다. 내가 그에게 다가가자 그는 소리쳤습니다.

"주인님! 마법에 걸린 이 배에서 하룻밤 더 묵느니 차라리 저 깊은 바다 속으로 가겠습니다."

그래서 왜 그렇게 걱정하는지 그 이유를 묻자, 그는 대답했습니다.

"몇 시간 정도 잤을 때, 저는 문득 깨어서 사람들이 내 머리 위에서 이리저리 왔다 갔다 하는 것을 듣게 되었습니다. 처음에는 주인님이신 줄 알았는데, 저 위에서 뛰어다니는 사람이 최소한 이십 명은 되었습니다. 서로 불러 대고 고함치는 소리도 들렸습니다. 마침내 계단으로 내려오는 무거운 발걸음 소리가 들렸고, 저는 더 이상 정신을 차릴 수 없었습니다. 이따금 제정신이 잠깐씩 돌아왔는데, 그때 저는 돛대에 못 박혀 있던 그 사람이 저기 탁자에 앉아 노래하고 술 마시는 것을 보았습니다. 그리고 붉은 옷을 입은 채 선장과 멀리 떨어지지 않은 곳에 누워 있던 사람이 그의 옆에 앉아서 술 마시는 것을 도와 주고 있었습니다."

이렇게 내 종은 밤에 있었던 일을 나에게 이야기해 주었습니다.

여러분은 내 마음이 얼마나 뒤숭숭했는지를 아실 수 있으실 것입니다. 왜냐하면 이것은 어떤 착각이나 환상이 아니고, 나 역시 죽은 사람들의 음성을 들었기 때문입니다. 이 사람들과 배에 함께 있다는 사실이 무시무시하게 느껴졌습니다. 나의 이브라힘은 다시 고개를 숙이고 깊은 생각에 빠졌고, 마침내 입을 열었습니다.

"이제 알았어요."

여행을 많이 다니고 경험이 풍부한 그의 할아버지가 가

르쳐 준 짧은 주문이 그에게 떠올랐던 것입니다. 그 주문은 어떤 유령과 도깨비를 마주해도 도움을 준다고 했습니다. 코란에서 따온 글귀로 정말로 부지런히 기도를 드리면, 밤에 우리에게 몰려든 기괴한 잠을 막을 수 있다고 그는 주장했습니다. 이 늙은 종의 제안이 내 마음에 들었습니다. 불안과 기대감으로 우리는 밤이 다가오는 것을 기다렸습니다. 선실 옆에는 작은 방이 있었는데, 그곳으로 가기로 결심했습니다. 그리고 선실을 쳐다보기 위해 우리는 문에 적당한 크기의 구멍을 여러 개 뚫었습니다. 또 문을 안에서 잠갔고, 이브라힘은 네 모퉁이에 예언자의 이름을 적었습니다. 그렇게 우리는 소름끼치는 밤을 기다렸습니다. 아마도 다시 열한시쯤이었을까, 나는 너무 졸리기 시작했습니다. 나의 동반자는 코란의 주문으로 기도 드리라고 충고했고, 이것은 효과가 있었습니다. 갑자기 갑판 위에서 활기가 넘치는 것 같았고, 덜컥거리는 밧줄 소리와 사람들의 음성이 갑판에서 들렸는데, 여러 목소리가 뒤섞인 가운데 분명히 몇몇 소리는 서로 구별되었습니다. 몇 분 동안 우리는 긴장과 기대감으로 앉아 있었는데, 바로 이때 선실 계단을 내려오는 발소리가 들렸습니다. 이 소리를 듣자, 늙은 종은 유령과 마법에 효험이 있다는, 할아버지가 가르쳐 준 주문을 암송하기 시작했습니다.

너희들은 하늘에서 왔느냐,
깊은 바다에서 올라왔느냐,
어두운 지하 무덤으로 기어 들어가느냐,
불에서 생겨났느냐
알라가 너희 주인이고 지배자이며,
모든 유령은 알라에게 복종하느니라.

솔직히 말해서 나는 이 주문을 전혀 믿지 않았습니다. 선실 문이 날아갈 듯 열렸을 때 깜짝 놀라서 내 머리카락은 곤두섰습니다. 그리고 돛대에 못 박혀 있던 크고 당당한 몸집의 사람이 방으로 들어왔습니다. 못은 아직도 머리에 박혀 있었지만, 칼은 칼집에 꽂혀 있었습니다. 그를 따라서 조금 덜 화려한 옷을 입은 사람이 들어왔는데, 나는 이 사람 역시 갑판에 누워 있던 것을 보았습니다. 선장임이

틀림없는 사람은 창백한 안색에 검고 덥수룩한 수염을 기르고 있었고, 부리부리한 눈으로 온 방을 훑어보았습니다. 그가 문을 지나갈 때 나는 그를 분명하게 볼 수 있었습니다. 그렇지만 그는 우리가 숨어 있는 문에는 전혀 주의를 기울이지 않은 것처럼 보였습니다. 그 두 사람은 선실 가운데에 있는 식탁에 앉아 알아듣지 못하는 언어로 소리치듯이 큰 목소리로 서로 이야기를 나눴습니다. 그들의 목소리는 경쟁하듯 점점 더 커져서, 마침내 선장은 주먹을 불끈 쥐고는 온 방이 진동할 정도로 식탁을 세게 내려쳤습니다. 다른 사람은 큰 소리로 웃으면서 일어나서는 선장에게 따라오라고 신호를 보냈습니다. 선장은 벌떡 일어나서 칼집에서 칼을 뽑아들었고, 이 두 사람은 선실을 떠났습니다. 그들이 가 버리자 우리는 안도의 숨을 크게 쉬었지만, 우리의 두려움은 끝이 아니었습니다. 갑판 위는 점점 더 시끄럽고 소란스러워졌습니다. 여기저기로 황급히 뛰어다니는 소리, 고함 소리와 웃음소리가 들렸습니다. 그러다가 갑판이 돛대와 함께 우리 머리 위로 떨어지는 것이 아닌가 생각될 정도로 큰 소동이 벌어졌고, 무기가 부딪치는 소리와 고함 소리가 들리더니 갑자기 모든 것이 너무도 조용해졌습니다. 몇 시간이 지나고 나서야 겨우 용기를 내서 위로 올라갔을 때, 우리는 변한 것이 하나도 없다는 것을 알게 되었습니다. 어느 누구도 이전과 다르게 누워 있지 않았고, 모두가 나무처럼 뻣뻣하게 굳어 있었습니다.

이렇게 우리는 여러 날을 배에서 지냈습니다. 배는 내 계산대로라면 분명히 육지가 있는 동쪽으로 향해 갔는데, 낮에 몇 마일이고 갔다가 밤이 되면 다시 돌아오는 것 같았습니다. 우리는 해가 떠오르는 그 지점에 항상 있었기 때문입니다. 이렇게 되면 우리는 죽은 사람들이 매일 밤에 바람을 받아 항해해서 되돌아온다고밖에 이해되지 않았습니다. 이것을 막기 위해서 우리는 밤이 되기 전에 돛을 다 접고 선실의 문에 했던 것과 같은 방법을 사용했습니다. 예언자의 이름과 할아버지의 주문을 양피지에 적고, 이 양피지를 접은 돛에 묶었던 것입니다. 우리는 조마조마한 마음으로 방에서 결과를 기다렸습니다. 이번에는 유령이 더 광폭하게 날뛰는 것 같았습니다. 그렇지만 다음 날 아침에 보니 돛은 우리가 했던 그대로 아직 돌돌 말려 있었습니다.

우리는 배를 서서히 움직이기 위해 필요한 만큼의 돛을 낮 동안에 펼쳤고, 이렇게 해서 닷새 동안에 제법 먼 거리를 항해했습니다.

마침내 엿새째 되는 아침에 우리는 가까운 거리에 있는 육지를 발견했고, 이렇게 기적적으로 구조된 것에 대해 알라와 예언자에게 감사드렸습니다. 이날 낮과 밤에 우리는 해안가로 다가갔고, 이레째 되는 아침에 한 도시가 보였습니다. 우리는 갖은 애를 써서 닻을 내렸고, 갑판에 있던 작은 배를 바다에 띄웠습니다. 그러고는 있는 힘을 다해 노를 저어 도시로 향했습니다. 반 시간쯤 노를 저어서 바다와 만나는 강가에 이르렀고, 강기슭에 배를 댔습니다. 성문에서 이 도시 이름을 알아보았는데, 이곳이 우리가 원래 목표로 삼았던 곳과 멀리 떨어져있지 않은 인도의 한 도시라는 것을 알게 되었습니다. 우리는 카라반 상인들이 묵는 숙소로 가서 모험에 찬 오랜 여행에서 지친 몸을 추슬렀습니다. 숙소 주인에게 마법에 대해서 아는 사람이 있는지 물어보고, 현명하고 지혜로운 사람을 알아보았습니다. 그러자 그 주인은 나를 외진 거리의 초라한 집으로 데리고 가서는 문을 두드렸습니다. 물라이라는 사람만 찾으라는 지시와 함께 나는 그 집에 들어섰습니다.

집에 들어서자 회색 수염과 긴 코를 가진 나이가 지긋한 사람이 다가와서는 무슨 일로 왔는지 물었습니다. 현자 물라이를 찾는다고 말하자, 그 노인은 자신이 물라이라고 대답했습니다. 그래서 나는 배 안의 시체를 어떻게 해야 할지 그리고 어떻게 시체들을 배에서 치울 수 있는지를 물었습니다. 물라이는 그 뱃사람들은 나쁜 짓을 한 까닭에 마법에 걸린 것 같다고 말했습니다. 그 시체들을 육지로 가져와야 그 마법이 풀릴 것 같은데, 그렇게 하려면 그들이 누워 있는 판자를 뜯어내야 한다는 것이었습니다. 또한 내가 그 배를 발견했기 때문에 그 배와 모든 재화는 신과 법의 이름으로 내 소유가 될 것이라고 했습니다. 그러고는 이 모든 것을 비밀로 부치고, 시체를 치우는 데 필요한 노예로 도움을 주겠으니 내가 얻을 재산 가운데 작은 몫을 자신에게 달라고 했습니다. 나는 넉넉하게 보답하겠다고 약속했고, 우리는 톱과 도끼를 갖춘 다섯 명의 노예들과 함께 길을 나섰습니다. 가는 도중에 마법사 물라이는 코란의 문구를 돛에 붙인 생각에 대해 칭찬을 아끼지 않았습니다. 그것이 우리가 살아남을 수 있는 유일한 방법이었다고 하면서 말입니다.

우리가 배에 도착했을 때는 매우 이른 시간이었습니다. 우리는 곧바로 일을 시작했고, 한 시간 뒤에는 벌써 네 구의 시체가 작은 배에 옮겨졌습니다. 노예 가운데 몇 명은 시체들을 매장하기 위해 육지로 가야만 했습니다. 일을 마치고 돌아온 그들은 시체를 땅에 놓자마자 시체가 먼지로 변해서 일이 한결 쉬웠다고 말했습니다. 우리는 갑판에 있는 시체를 없애는 일을 계속했고, 저녁이 되기 전에 모든 시체는 육지로 옮겨졌습니다. 마침내 돛대에 못 박혀 있는 선장을 제외하고는 배에 남아 있는 시체는 한 구도 없었습니다. 우리는 선장을 떼어 내려고 나무에서 못을 빼려고 했으나 헛수고였고, 온갖 애를 다 써 보았지만 못은 조금도 움직이지 않았습니다. 나는 어떻게 해야 할지 몰랐고, 그렇다고 선장을 육지로 옮기려고 돛대를 베어 낼 수는 없었습니다. 이때 물라이가 곤란한 상황에서 빠져나오도록 도와줬습니다. 그는 흙이 담긴 단지를 가져오도록 노예 한 명을 육지로 보냈습니다. 노예가 단지를 가져오자, 물라이는 주문을 외웠고 흙을 선장의 머리 위에 뿌렸습니다. 그러자 죽어 있던 선장은 눈을 뜨고 숨을 깊게 쉬었고, 또한 이마의 상처에서 피가 나기 시작했습니다. 이제 우리는 이마에서 못을 쉽게 뺄 수 있었고, 선장은 노예 가운데 한 명의 팔에 쓰러지듯 안겼습니다.

그는 어느 정도 정신을 차린 후에 물었습니다.

"저를 누가 이곳으로 데려오셨나요?"

물라이는 나를 가리켰고, 나는 그에게 다가갔습니다.

"누구신지 모르겠지만, 정말 감사합니다. 당신이 저를 오랜 고통에서 구해 주셨습니다. 오십 년 전부터 나의 육체는 파도와 함께 떠돌아다녔고, 나의 영혼은 밤마다 이 육체로 되돌아가도록 저주받았습니다. 그런데 이제 내 몸이 흙에 닿게 되어서 나는 속죄한 몸으로 조상에게 갈 수 있게 되었습니다."

나는 그가 어떻게 해서 이런 끔찍한 상황에 이르게 되었는지를 말해 달라고 부탁했고, 그는 입을 열어 이야기하기 시작했습니다.

"나는 오십 년 전에 알제〔북아프리카에 있는 국가 알제리의 수도—옮긴이〕에서 권력과 명망이 높은 사람이었습니다. 그러다 재물에 대한 욕심으로 배를 무장해서 해적질을 하게 되었습니다.

해적질을 하던 중에, 나는 자킨토스 섬〔그리스의 섬—옮긴이〕에서 공짜로 여행하려는 어느 수도승을 배에 태우게 되었습니다. 나와 내 동료들은 거친 사람이어서 그 사람의 성스러움에 주의하지 않았고, 오히려 그를 조롱했습니다. 그러던 어느 날 밤에 그 수도승은 거룩한 열정으로 나의 죄 많은 행실을 꾸짖었습니다. 그런데 항해사와 술을 마시고 몹시 취한 채 선실에 있었던 나는 분노에 사로잡히게 되었습니다. 어떤 술탄〔이슬람 국가의 군주—옮긴이〕이라도 내게 말하지 못했을 그런 말을 듣고 분노한 나머지 나는 갑판으로 가서 수도승의 가슴을 칼로 찔렀습니다. 그 수도승은 죽어가면서 나와 선원들을 저주했습니다. 우리의 머리가 흙에 닿을 때까지 죽을 수도 살 수도 없을 것이라는 저주였습니다. 수도승이 죽자 우리는 그를 바다에 던져 버렸고, 그의 저주를 비웃었습니다. 그런데 바로 그날 밤에 그의 저주가 이루어졌습니다. 일부 선원들이 나를 배반하고 반란을 일으켰습니다. 엄청난 분노에 휩싸여 서로 다투었고, 마침내 내 부하들은 쓰러지고 나는 돛대에 못 박히게 되었습니다. 그렇지만 반란자들도 싸움에 입은 심한 부상으로 쓰러져서 죽게 되었기 때문에 내 배는 결국 커다란 묘지가 되고 말았습니다. 눈이 흐려지고 숨이 멈추어서 나는 죽은 줄 알았습니다. 그런데 나는 굳어 버려서 꽁꽁 묶여 있었던 것입니다. 다음 날 밤에, 말하자면 우리가 수도승을 바다에 던진 그 시각에 나와 선원들은 깨어났습니다. 우리는 살아나기는 했지만, 그날 밤에 말하고 행한 것 이외에는 다른 어떤 것도 할 수 없었습니다. 그렇게 죽지도 살지도 못하면서 오십 년 동안 항해를 계속해 왔습니다. 우리가 어떻게 육지에 갈 수 있었겠습니까! 우리는 폭풍우를 만나면 기대에 차서 돛을 한껏 펴 항해했습니다. 어떤 절벽에라도 부딪쳐서 지친 우리 몸을 바다 밑바닥에 쉬게 하려고 말입니다. 그렇지만 번번이 실패하고 말았습니다. 그런데 이제는 죽을 수 있게 되었습니다. 미지의 구원자여, 다시 감사드립니다! 이 보물로 당신께 보답이 된다면, 감사의 표로 내 배를 받아 주십시오."

그렇게 말하고는 선장은 고개를 떨어뜨리고 숨을 거두었습니다. 그러자 그도 다른 선원들과 마찬가지로 먼지로 변했습니다. 우리는 그 먼지를 모아서 작은 상자에 담았고, 땅에 묻어 주었습니다. 나는 도시에서 일꾼들을 데려와 배를 손질하도록 했습니다. 배에 있던 물건은 다른 물건들과 교환해서 큰 이익을 남긴 후에, 나는 친구 물라이에게 충분히 보답했습니다. 그리고 선원을 고용해서 고향을 향해 떠났습니다. 하지만 나는 곧바로 고향으로 가지 않고 많은 섬과 나라들을 지나가면서 물건을 팔았습니다. 나의 사업은 예언자에게 축복받았습니다. 그래서 아홉 달이 지난 후에 나는 죽은 선장 덕분에 큰 부자가 되어서 발소라에 도착했습니다. 발소라 시민들은 나의 부와 행운에 어리둥절해서 내가 그 유명한 모험가 신드바드의 다이아몬드 계곡을 찾았다고 믿을 뿐이었습니다. 나는 사람들이 그렇게 믿도록 두었습니다. 그런데 그때부터 발소라의 젊은이들은 열여덟 살이 되기가 무섭게 나처럼 행운을 잡기 위해 더 큰 세상으로 나가게 되었습니다. 나는 조용하고 평화롭게 살았고, 오 년마다 메카로 가서 축복에 대한 감사를 알라에게 드리고 선장과 선원들이 천국에 받아들여지기를 기도했습니다.

~~~~~

카라반 여행은 다음 날에도 아무런 방해 없이 계속되었습니다. 휴식처에서 쉬고 있을 때, 낯선 남자 셀림이 상인 가운데 가장 젊은 물라이에게 말했습니다.

"당신이 우리 가운데 가장 젊고 항상 쾌활하시니, 우리를 위해서 재미있는 이야기도 알고 계실 것 같습니다. 낮 동안 무더웠는데, 상쾌한 기분이 들도록 이야기 좀 들려주십시오."

그러자 물라이가 대답했습니다.

"제가 여러분을 즐겁게 해 드릴 이야기를 하고 싶습니다만, 젊은이에게는 매사에 겸손함이 어울릴 것 같습니다. 그래서 저보다 나이가 많으신 분들께서 먼저 하셔야 할 것 같습니다. 잘로이코스는 항상 진지하고 말씀이 없으신데,
~~~~~

어째서 인생에 대해서 그토록 진지하게 되었는지 말씀해 주시지 않겠습니까? 만약에 근심거리라도 있으시다면, 우리가 덜어 드릴 수 있을지도 모릅니다. 종교가 다를지라도 우리의 형제를 기꺼이 도울 테니까요."

그리스 상인인 잘로이코스는 중년 남성으로서 잘 생기고 체격이 좋았지만 항상 너무 진지했습니다. 그가 이슬람교도가 아닐지라도 좋은 인품으로 존경심과 신뢰감을 주었기 때문에, 모두들 그를 좋아했습니다. 그런데 그는 손이 하나밖에 없었는데, 그로 인해서 그가 그토록 진지하거나 심각하지 않았나 하고 다른 상인들은 추측했습니다.

잘로이코스는 물라이의 친절한 물음에 대답했습니다.

"여러분의 신뢰에 감사와 경의를 표합니다. 그런데 제게는 여러분이 선의로 도와주실 그런 근심거리가 없습니다. 그렇다 해도 물라이가 나의 진지함을 비난하는 것처럼 들리니, 내가 다른 사람보다 진지하거나 심각하다면 왜 그렇게 되었는지를 설명해야 될 것 같습니다. 여러분이 보시다시피, 저는 왼손이 없습니다. 날 때부터 왼손이 없었던 것은 아니고, 내 인생의 끔찍한 시절에 왼손을 잃었습니다.

그 시절 이후에 내 상황으로 빚어진 것보다 더 심각하게 지내게 된 책임이 나에게 있는지 아니면 내가 옳지 않았는지는 여러분이 잘린 손에 관한 이야기를 들어 보시고 판단하시기 바랍니다."

잘린 손 이야기

나는 콘스탄티노플〔과거 비잔틴 제국, 오스만 제국의 수도로 터키 이스탄불의 옛 이름—옮긴이〕에서 태어났습니다. 아버지는 터키 궁전에서 통역관으로 일했고, 동시에 향료와 비단을 거래하는 수지맞는 장사도 했습니다. 그는 때로는 직접 가르치기도 하고, 때로는 좋은 성직자에게 수업 받게 하면서 나에게 좋은 교육을 시켰습니다. 처음에는 나에게 가게를 물려줄 작정이었지만, 기대했던 것보다 내가 더 좋은 능력을 보이자 아버지는 친구의 권유로 나를 의사로 만들 결심을 했습니다. 시장에서 볼 수 있는 협잡꾼보다 더 많이 배운 의사라면 콘스탄티노플에서 상당한 재산을 모을 수 있었기 때문입니다. 프랑스 사람들이 우리 집에 많이 왔었는데, 그 가운데 한 사람이 의술을 돈 안 들이고도 가장 잘 배울 수 있는 파리로 나를 보내라고 권유했습니다. 그리고 그 사람은 여행에서 돌아오면 나를 파리로 거저 데려가겠다고 했습니다. 젊은 시절에 여행을 다녔던 아버지는 그 제안에 손뼉을 쳤고, 그 프랑스 사람은 삼 개월 동안 여행 준비를 하라고 나에게 말했습니다. 나는 외국을 구경한다는 기쁨에 어쩔 줄 몰랐고, 그 기쁨은 승선할 날을 기다릴 수 없을 정도로 컸습니다. 프랑스 사람은 마침내 일을 끝마치고 여행 준비를 했습니다. 떠나기 전날 밤 아버지는 나를 침실로 불렀고, 그 방에서 아름다운 옷과 무기가 책상 위에 놓여 있는 것이 보였습니다. 그런데 어느 것보다 내 눈길을 더 끈 것은 한 무더기의 금화였습니다. 이제까지 이렇게 많은 금화를 한꺼번에 본 적이 없었기 때문이었습니다. 아버지는 방에서 나를 안으면서 말했습니다.

"아들아! 네 여행을 위해서 마련한 옷이다. 저 무기도 네 것인데, 내가 외국으로 여행 떠날 때 네 할아버지가 나에게 주셨던 것이다. 네가 저 무기를 다룰 수 있다는 것을 알고 있지만, 부탁컨대 네가 공격당할 때를 빼고는 저 무기를 절대로 사용하지 말거라. 물론 필요할 경우에는 망설이지 말고 잘 사용하거라. 내 재산은 많지 않다. 보다시피 재산을 셋으로 나누었는데, 삼분의 일은 네 것이고, 다른 삼분의 일은 내 생활비와 비상금이다. 그리고 나머지 삼분의 일은 내가 손댈 수 없는 돈인데, 네가 곤란한 상황에 빠졌을 때 쓸 돈이란다."

이렇게 말씀하시는 아버지의 눈에는 눈물이 맺혀 있었습니다. 어쩌면 어떤 예감 때문이었을 것입니다. 그날 이후 나는 아버지를 다시 보지 못했기 때문입니다.

여행은 어려움 없이 진행되었고, 우리는 곧 프랑스에 도착했습니다. 그리고 엿새 걸려서 대도시 파리로 갔습니다. 나를 데려온 프랑스 친구는 파리에서 나에게 방을 빌려 주었고, 이 천 탈러〔15-19세기 유럽에서 통용되었던 은화—옮긴이〕에 이르는 돈을 신중하게 사용하도록 충고했습니다. 파리에서 삼 년을 살면서 나는 유능한 의사가 알아야 할 것을 배웠습니다. 그렇지만 파리에 살고 싶다고 말한다면, 그것은 거짓말일 것입니다. 프랑스 사람들의 풍습이 내 마음에 들지 않았고, 좋은 친구들도 몇 명밖에 없었기 때문입니다. 그런데 이 몇 안 되는 친구들은 멋진 청년이었습니다.

고향에 대한 나의 그리움은 더욱 커졌고, 아버지에 대한 소식은 파리에 체류하는 동안에 전혀 듣지 못했습니다. 그러던 중에 고향으로 갈 기회가 생겼습니다. 말하자면 한 사절단이 프랑스에서 터키 왕궁으로 파견되었는데, 여기에 내가 외과의사로 고용되어서 운 좋게도 콘스탄티노플로 가게 되었던 것입니다.

그런데 아버지의 집은 굳게 닫혀 있었고, 나를 본 이웃들은 깜짝 놀라서 아버지가 두 달 전에 돌아가셨다고 말해 주었습니다. 어린 시절에 나를 가르쳤던 성직자는 나에게 열쇠를 갖다 주었고, 나는 고독한 마음으로 홀로 황량한 집으로 들어갔습니다. 모든 것이 아버지가 남겨 놓은 그대로 있었는데, 다만 아버지가 약속한 금화만 없었습니다. 이것에 대해 성직자에게 묻자, 그는 허리를 굽혀 인사하면서 말했습니다.

"당신의 아버지는 재물을 교회에 남기고 성자의 모습으로 돌아가셨습니다."

이 사실은 그때나 지금이나 이해되지 않습니다. 그렇지만 내가 무엇을 할 수 있었겠습니까? 그 성직자의 말이 거짓이라고 증언해 줄 사람도 없었고, 오히려 그가 아버지의 집과 물건을 교회 유산으로 간주하지 않은 것을 기뻐할 수밖에 없었습니다. 이것이 내게 닥친 첫 번째 불행이었습니다. 그 뒤로 불행이 잇달아 내게 닥쳤습니다. 사기꾼마냥 소문내는 것을 창피하게 생각했기 때문에, 나는 의사로서 내 이름을 알릴 수 없었습니다. 그리고 살아 계셨더라면 가능했었을 아버지의 추천도 무척이나 아쉬웠습니다. 부자와 상류층 사람들은 불쌍한 잘로이코스를 더 이상 기억하지 않았기 때문이었습니다. 아버지가 돌아가신 후에 옛 고객은 떠나갔고 새 고객은 거의 생기지 않았기 때문에, 아버지가 남겨 주신 물건들 역시 전혀 팔리지 않았습니다. 어느 날 절망에 빠져서 내 처지를 깊이 생각하고 있을 때, 우리나라 사람들이 프랑스를 돌아다니면서 여러 도시에서 물건을 거래하던 일이 갑자기 생각났습니다. 프랑스 사람들이 우리나라 사람들에게서 물건을 샀던 일과 그런 거래에서 이익을 백 배나 냈던 사실이 기억났던 것입니다. 그 자리에서 바로 결심했습니다. 그래서 나는 아버지의 집을 팔고, 거기에서 생긴 돈의 일부를 믿을 만한 친구에게 보관해 달라고 맡겼습니다. 그렇게 하고 남은 돈을 가지고 프랑스에서 귀한 물건, 가령 솔, 비단으로 된 물건, 연고 그리고 향유를 구입했습니다. 그리고 배에 물건 실을 자리를 빌렸고, 그렇게 나는 두 번째 프랑스 여행에 나서게 되었습니다. 다르다넬스 해협〔마르마라 해와 에게 해를 연결하는 아시아와 유럽의 경계—옮긴이〕의 성들을 지나자마자 행운이 내 편이 되는 것 같았습니다. 우리의 항해는 짧았고 아무 사고 없이 끝났습니다. 나는 프랑스의 크고 작은 도시를 돌아다녔고, 도처에서 내 물건을 구입하려는 상인들을 만났습니다. 콘스탄티노플에 있는 내 친구는 항상 새로운 물건을 보내 주었고, 나는 하루가 다르게 부유하게 되었습니다. 좀더 큰 사업을 시도해 볼 만하다고 생각될 정도로 돈을 모았을 때, 나는 내 물건을 가지고 이탈리아로 갔습니다. 나에게 적지 않은 돈을 벌게 해 준 것을 고백해야겠는데, 나는 의술도 돈벌이를 위해서 이용했던 것이었습니다. 한 도시에 들어서면, 나는 전단을 통해서 많은 사람의 병을 고친 그리스 의사가 왔다고 알렸습니다. 실로 나의 향유와 약품은 나에게 많은 금화를 가져다 주었습니다. 그렇게 해서 나는 이탈리아의 피렌체〔이탈리아 중부에 위치한 도시—옮긴이〕까지 오게 되었습니다. 그리고 피렌체가 내 마음에 아주 들었기도 했고, 오랜 여행에서 생긴 피로를 회복하고 싶었기 때문에 이곳에서 좀더 오래 머물기로 결심했습니다. 그래서 나는 성 크로체 구역에 있는 상점 하나를 임대했고, 그곳에서 멀지 않은 곳에 있는 여관에서 발코니가 달린 두 개의 아름다운 방을 빌렸습니다. 그러고 나서 바로 나를 의사이자 상인으로 소개하는 전단을 뿌리게 했는데, 상점 문을 열기가 무섭게 손님들이 몰려들었습니다. 좀더 비싼 가격을 불렀지만 손님들을 싹싹하고 친절하게 대했기 때문에, 다른 사람들보다 장사가 더 잘 되었습니다. 피렌체에서 만족스럽게 지낸 지 나흘째 되는 날이었는데, 상점을 닫고 습관대로 연고 상자를 다시 점검하려고 했습니다. 그때 나는 넣어 둔 기억이 없는 낯선 쪽지를 작은 상자에서 발견했습니다. 쪽지를 열어 보니 초대의 글귀가 적혀 있었습니다.

"오늘 밤 정각 열두시에 폰테 베키오라 불리는 다리로 나오시오."

피렌체에 아는 사람이 없는데 누가 나를 그곳으로 나오라고 했을까 하고 나는 오랫동안 골똘히 생각해 보았습니다. 자주 있었던 일이지만, 혹시 의사인 나를 환자에게 은밀히 데려가려는 것은 아닐까 생각도 했습니다. 그래서 나는 그 장소로 가기로 마음먹었지만, 만일의 경우를 대비해서 아버지가 선물로 준 칼을 허리에 찼습니다.

자정이 다가왔을 때 나는 길을 나섰고 곧 폰테 베키오 다리에 도착했습니다. 다리는 황량하고 적막했으나, 나를 부른 사람이 나타날 때까지 기다리기로 마음먹었습니다. 밤은 추웠고 달빛은 밝았습니다. 나는 달빛에 반짝이는 아르노 강의 물결을 내려다보고 있었습니다. 도시의 교회 종이 열두시를 쳤을 때 나는 몸을 일으켜 세웠습니다. 그때 키가 큰 남자가 내 앞에 서 있었는데, 이 사람은 빨간 망토를 온몸에 두르고 망토 자락으로 얼굴을 가리고 있었습니다.

그 사람이 갑작스럽게 나타났기 때문에 나는 처음부터 약간 놀라기는 했지만 바로 정신을 가다듬고 말했습니다.

"나를 여기까지 불렀다면, 무슨 일 때문에 그런지 말해 보십시오."

그러자 빨간 망토를 입은 사람은 몸을 돌리고 천천히 말했습니다.

"따라오시오!"

하지만 나는 이 낯선 사람과 함께 간다는 것이 꺼림칙하게 느껴져서 가만히 서서는 말했습니다.

"그렇게 할 수 없습니다. 여보시오, 어디로 가는지 먼저 말해 줘야 하지 않겠습니까? 또 당신이 어떤 의도를 가졌는지 알 수 있도록 당신의 얼굴을 보여 줄 수는 없는지요?"

그러나 붉은 망토의 남자는 내 말에 신경 쓰는 것 같지 않았습니다.

"잘로이코스, 원하지 않는다면 따라오지 마시오"
라고 대답하고는 그는 계속 걸어갔습니다. 그 순간 나는 화가 나서 소리쳤습니다.

"내가 바보에게 놀림 받으려고 이 추운 밤에 쓸데없이 기다리고 있었단 말이오!"

그리고 나는 훌쩍 뛰어서 세 걸음 만에 그에게 다가가서는 그의 망토를 잡았고, 다른 한 손으로는 칼을 쥐고 더 크게 소리쳤습니다. 그렇지만 내 손에 남은 것은 망토뿐이었고, 정체를 알 수 없는 사람은 다음 모퉁이에서 사라져 버렸습니다. 내 분노는 점점 가라앉았고, 나는 기이한 일에 대한 실마리를 제공해 줄 망토를 가지고 있었습니다. 나는 망토를 두르고 집으로 향했습니다. 백 걸음도 채 가지 않았을 때, 누군가가 내 곁을 지나가면서 프랑스 말로 속삭였습니다.

"조심하십시오, 백작님! 오늘 밤에는 아무것도 할 수 없습니다."

내가 돌아보기도 전에 이 사람은 벌써 지나가 버렸고, 한 그림자가 집에 어른거리는 것이 보였습니다. 조금 전의 그 말이 내가 아니라 망토를 입은 사람과 관련된 것은 분명했지만, 이것으로는 이 일에 대해서 더 이상 알 수 없었습니다. 다음 날 아침 나는 무엇을 해야 할지 곰곰이 생각했습니다. 처음에는 망토를 주운 것처럼 해서 주인이 찾아가라고 알릴까 했습니다. 그러나 정체불명의 사람은 다른 사람을 통해서 망토를 가져오게 할 수도 있고, 그렇게 되면 나는 이 사건에 대해서 아무것도 알지 못하게 되는 것이었습니다. 이렇게 고민하면서 나는 빨간 망토를 찬찬히 살펴보았습니다. 이 망토는 진홍색을 띤 무거운 제노바산 우단으로 되어 있었고, 가장자리는 아스트라칸산 모피로 장식되었으며 금색으로 수놓아져 있었습니다. 화려한 망토를 보고 있던 중 한 가지 생각이 떠올랐는데, 그 생각을 바로 행동으로 옮겼습니다. 나는 망토를 상점으로 가져가 팔기위해 밖에 내놓았습니다. 하지만 아무도 구입하지 못할 정도로 아주 비싼 가격을 적어 놓았습니다. 내 목적은 망토에 대해 문의하는 사람을 꼼꼼하고 예리하게 쳐다보는 것이었습니다. 망토를 잃은 후에 순간적이었지만 잠깐 모습을 보인 정체불명의 남자를 수많은 사람 가운데 찾아보려고 했기 때문입니다. 유난히 아름다운 망토였기 때문에 많은 사람들의 눈길을 끌었고, 또한 구입하고 싶어 하는 사람들도 많았습니다. 그렇지만 아무도 그 미지의 남자와 비슷하지 않았고, 또한 이백 제키니〔13세기에서 19세기까지 베네치아와 이탈리아에서 사용되었던 금화—옮긴이〕라는 거금을 주고 망토를 사려고 하지도 않았습니다. 다만 피렌체에 이런 망토가 있냐고 물었을 때 모두들 아니라고 대답하는 것과 그렇게 값비싸고 멋진 작품을 본 적이 없다고 말하는 것이 눈에 띄었습니다.

저녁이 되었을 때 한 젊은이가 왔는데, 그는 이미 상점에 와서 망토에 대해 많은 관심을 보였던 사람이었습니다. 그는 돈주머니를 탁자에 던지고는 말했습니다.

"잘로이코스, 나는 거지가 된다고 하더라도 당신의 망토를 사야겠어요."

그러고 나서 그는 금화를 세기 시작했습니다. 정체불명의 사람의 눈길을 끌려고 망토를 밖에 내놓은 것이었는데, 이제 바보 같은 사람이 엄청난 돈을 주고 그것을 사겠다고 하니까, 나는 난처하게 되었습니다. 그렇지만 내가 양보해서 파는 수밖에 다른 방법이 있었겠습니까? 다른 한편으로 어젯밤 모험에 대한 멋진 보상을 받는다는 생각도 들었습니다. 그 젊은이는 망토를 두르고 갔습니다. 그런데 문지방에서 돌아서서, 망토에 붙은 종이를 던지면서 내게 말했습니다.

"잘로이코스, 망토에 뭔가 붙어 있는데, 망토에 있던 것은 아닌 것 같습니다."

나는 별 생각 없이 쪽지를 받았는데, 거기에는 이렇게 적혀 있었습니다.

“오늘 밤 같은 시각에 폰테 베키오 다리로 망토를 가져오시오. 사백 제키니가 당신을 기다리고 있을 것이오.”

나는 벼락을 맞은 듯 서 있었습니다. 내 스스로 행운을 걷어찼고, 내 목적을 전혀 달성하지 못한 꼴이 되었던 것이었습니다. 그렇지만 나는 길게 생각하지 않고, 이백 제키니를 집어 들고는 망토를 산 젊은이를 한 걸음에 쫓아가서 말했습니다.

“여보시오, 이백 제키니를 도로 가져가고 망토를 돌려주시오. 그것을 팔 수 없습니다.”

처음에 그 젊은이는 내 말을 농담이라고 여겼는데, 진심이라는 것을 알고는 화를 내고 나를 바보 취급했습니다. 그리고 주먹질이 오고 가는 싸움을 벌이게 되었습니다. 싸우는 가운데 운 좋게도 나는 망토를 빼앗을 수 있어서 바로 도망치려고 했습니다. 그런데 젊은이가 경찰에게 도움을 요청했고, 나는 법정에 가게 되었습니다. 재판관은 이 사건에 대해서 놀랐고, 그 망토는 젊은이 소유라고 판결 내렸습니다. 그렇지만 나는 망토를 돌려주면 원래 가격에 이십, 오십, 팔십 아니 백 제키니를 더 주겠다고 젊은이에게 제안했습니다. 내가 부탁해도 되지 않던 일이 돈으로 해결되었습니다. 그는 내 돈을 받았고, 나는 망토를 가지고 승리에 찬 기분으로 돌아왔습니다. 물론 이 일로 나는 피렌체에서 제정신이 아닌 사람으로 취급받는 것을 감수해야만 했습니다. 하지만 이 거래에서 이윤을 남긴다는 것을 누구보다 더 잘 알고 있었기 때문에 사람들의 생각은 내게 아무 상관도 없었습니다.

초조한 마음으로 밤을 기다렸습니다. 어제와 같은 시각이 되었을 때 나는 망토를 팔에 끼고 폰테 베키오 다리로 갔습니다. 마지막 종소리와 함께 한 사람이 어둠 속에서 나에게 다가왔습니다. 분명히 어제 그 사람이었습니다. "망토는 가지고 왔소?"라는 질문에 나는 대답했습니다.

"그렇소. 하지만 이 망토로 내 돈 백 제키니가 더 들었소."

그 사람이 대답했습니다.

"알고 있소. 여기 사백 제키니가 있으니 보시오."

그는 나와 함께 다리의 넓은 난간으로 가서 금화를 세어서 주었습니다. 금화는 모두 사백 제키니였고 달빛에 화려하게 반짝거렸습니다. 반짝이는 금화를 보고 나는 너무 기뻤습니다. 그런데 이것이 마지막 기쁨일 줄이야 꿈에도 몰랐습니다. 나는 금화를 주머니에 넣고는 씀씀이가 큰 이 정체불명의 사람을 쳐다보려고 했습니다. 그런데 그는 가면을 쓰고 있었고, 그의 검은 눈은 나를 향해 번뜩이고 있었습니다. 나는 그에게 말했습니다.

"당신의 호의에 감사드립니다. 그런데 원하는 것이 뭡니까? 미리 말하지만, 부당한 일이라면 절대 할 수 없습니다."

그는 망토를 어깨에 두르면서 대답했습니다.

"쓸데없는 걱정은 마시오. 의사인 당신의 도움이 필요할 뿐이오. 그렇지만 살아 있는 사람이 아니라 죽은 사람을 위해서 말이오."

나는 깜짝 놀라서 소리쳤습니다.

"도대체 무슨 말입니까?"

그는 이야기를 시작하면서 자신을 따라오라고 손짓했습니다.

"나는 내 여동생과 함께 먼 나라에서 왔습니다. 우리는 이곳에서 한 친구의 집에 살고 있었습니다. 그런데 내 여동생이 갑작스럽게 어제 질병으로 죽었고, 친척들은 내일 시신을 묻으려고 합니다. 우리 가문의 오랜 전통에 따르면 후손들은 모두 조상의 묘에 묻혀야 합니다. 외국에서 죽은 사람은 미라로 만들어져 조상의 묘로 보내져야 합니다. 나는 이곳의 친척들에게 내 동생의 몸을 내어 줄 생각이지만, 아버님이 마지막으로 한 번 딸의 얼굴을 볼 수 있도록 최소한 머리만은 아버님께 드리려고 합니다."

사랑하는 혈육의 머리를 자르는 관습은 약간 두렵고 꺼림칙하게 생각되었지만, 정체불명의 사람을 모독할지도 모른다는 두려움 때문에 나는 어떤 말도 꺼내지 못했습니다. 그래서 죽은 사람을 미라로 만드는 법을 잘 알고 있으니 죽은 사람에게 가 보자고 말했습니다. 그렇지만 이 일을 도대체 이렇게 은밀하게 밤에 해야 하는 이유를 묻지 않을 수 없었습니다. 자신의 의도를 끔찍하게 여기는 친척들이 이 일을 낮에 할 경우에 못 하도록 막기 때문이라고 그는 대답했습니다. 그러나 머리가 일단 잘리고 나면, 친척들도 별다른 말을 하지 않을 것이라고 설명을 덧붙였습니다. 그리고 나에게 머리를 가져올 수도 있었지만, 가족이라는 느낌 때문에 머리를 직접 자를 수는 없었다고 말했습니다.

이렇게 말을 주고받는 사이에 우리는 크고 화려한 집에 도착했습니다. 밤길의 동반자는 나에게 그 집을 가리켰습니다. 우리는 정문을 지나서 작은 문으로 들어갔고, 그 사람은 문을 조심스럽게 닫았습니다. 그러고 나서 어둠 속에서 좁은 나선형 층계로 올라갔습니다. 우리는 그 계단을 통해서 불빛이 희미하게 비치는 복도에 들어섰고, 그 복도를 걷다가 어느 방에 들어가게 되었습니다. 천장에 고정된 등불이 불을 밝히는 방이었습니다.

이 방에는 시신이 누워 있는 침대가 하나 있었습니다. 함께 온 사람은 얼굴을 돌리고는 눈물을 감추려고 하는 것 같았습니다. 침대를 가리키면서, 그는 일을 신속하게 처리하라고 명령하듯 말하고 방을 떠났습니다.

나는 의사로서 항상 가지고 다니는 칼을 꺼내 들고 침대로 다가갔습니다. 시신의 머리만 볼 수 있었는데, 그 얼굴이 너무 아름다워서 깊은 연민이 나도 모르게 생겨났습니다. 길게 땋은 검은 머리카락은 늘어뜨려져 있었고, 얼굴은 창백했으며 눈은 감겨져 있었습니다. 신체의 일부를 자를 때 의사들이 하는 방식대로 나는 먼저 피부에 칼로 깊은 선을 그었습니다. 그러고 나서 가장 예리한 칼을 들고 단번에 목을 잘랐습니다. 그런데 이 순간 나는 얼마나 놀랐는지! 이 죽은 사람이 눈을 뜨고는 바로 다시 감는 것이었습니다. 그리고 깊은 한숨을 쉬면서 바로 지금 숨을 거둔 것처럼 보였습니다. 동시에 상처에서 뜨거운 핏줄기가 내 몸을 향해서 솟구쳤습니다. 내가 이 불쌍한 여자를 죽였다는 생각이 들었습니다. 이런 상처에서 구해 낼 방법이 없기 때문에 그녀가 죽은 것은 의심할 여지가 없었습니다. 나는 방금 일어난 일 때문에 불안하고 두려운 마음으로 몇 분 동안 서 있었습니다. 붉은 망토를 입은 사람이 나를 속인 것일까? 아니면 그 여동생이 겉보기에 죽은 상태에 있었던 것일까? 아무래도 두 번째 생각의 가능성이 더 큰 것 같았습니다. 그렇지만 조금 덜 급하게 베었다면 동생을 죽이지 않고 살릴 수 있었다고 오빠에게 말할 수는 없었습니다. 그래서 나는 머리를 완전히 베어 내려고 했는데, 이때 죽어 가는 여자는 다시 신음 소리를 내면서 고통스러운 움직임으로 사지를 뻗고는 죽었습니다. 공포가 나를 덮쳤고, 나는 두려움에 덜덜 떨면서 방에서 뛰쳐나갔습니다. 하지만 등이 꺼져 있었기 때문에 복도는 어두웠습니다. 나와 함께 왔던 사람의 흔적은 찾아볼 수 없었고, 나는 어둠 속에서 벽을 더듬으며 가까스로 나선형 계단에 이르렀습니다. 그리고 나는 떨어지고 미끄러지면서 계단을 내려왔습니다. 아래에도 아무도 없었고, 문은 반쯤 열려 있었습니다. 거리에 나왔을 때야 비로소 나는 숨을 편하게 쉴 수 있었습니다. 그 집에서는 너무도 무섭고 끔찍했기 때문입니다. 무시무시한 일로 놀란 나머지 나는 미친 듯이 집으로 뛰어갔습니다. 그리고 내가 저지른 끔찍한 일을 잊으려고 침대의 쿠션에 머리를 박았습니다. 그렇지만 잠은 달아났고, 아침이 되어서야 나는 다시 정신을 차릴 수 있었습니다. 이 흉악한 일을 저지르도록 한 사람이 나를 신고할 것 같지는 않았습니다. 그래서 나는 상점에 가서 장사를 계속하고 가능한 한 태연한 표정을 짓기로 결심했습니다. 그런데 세상에! 이제야 알게 된 새로운 사실로 인해 내 근심은 더욱 커졌습니다. 내 모자, 허리띠 그리고 칼까지도 없는 것이었습니다. 이 물건을 죽은 사람의 방에 놓고 왔는지 아니면 도망치는 중에 잃어버렸는지 나는 확신할 수 없었습니다. 그렇지만 안타깝게도 그 방에 놓고 왔을 가능성이 더 컸습니다. 그렇다면 나를 살인자로 찾아내는 것은 어렵지 않은 일이었습니다.

여느 때와 같은 시간에 나는 상점을 열었습니다. 매일 아침처럼 내 이웃은 내게 왔습니다. 그는 말이 많은 사람이었습니다.

"지난 밤에 일어난 끔찍한 사건을 어떻게 생각하세요?" 라고 그는 말을 시작했고, 나는 아무것도 모르는 것처럼 행동했습니다.

"온 도시가 시끌시끌한데, 어떻게 그 일을 모를 수 있으세요? 피렌체에서 가장 아름다운 아가씨이자 총독의 따님인 비앙카가 살해되었다는 사실을 말이에요. 세상에! 어제도 나는 그녀가 약혼자와 함께 즐거운 표정으로 마차를 타고 가는 것을 보았어요. 더구나 오늘은 결혼식이 열릴 예정이었는데…"

이웃의 말 한마디 한마디가 내 가슴을 찔렀습니다. 상점에 오는 손님들마다 이 이야기를 했고, 점점 더 끔찍하게 이야기했기 때문에 내 마음의 고통은 더욱 커졌습니다. 그렇지만 어느 누구도 내가 직접 본 것처럼 그렇게 끔찍하게 이야기할 수는 없었습니다. 정오쯤 되었을 때 법원에서 한 사람이 상점으로 와서는, 사람들을 밖으로 내보내도록 부탁했습니다. 그는 내가 잃어버린 물건들을 꺼내면서 물었습니다.

"잘로이코스 씨, 이 물건들은 당신 것입니까?"

나는 아니라고 부인할까 잠깐 동안 생각했었습니다. 그렇지만 반쯤 열린 문을 통해서 나에게 불리한 증언을 할 여관 주인과 다른 사람들을 보았을 때, 나는 거짓말로 이 일을 악화시키지 않기로 결심하고 이 물건이 내 것이라고 자백했습니다. 법원에서 온 사람은 따라오라고 말하고는 나를 큰 건물로 데리고 갔습니다. 그리고 내가 끌려간 건물이 감옥인 것을 곧 알게 되었습니다.

감방에서 지난 일을 곰곰이 생각해 보았을 때, 내 상황은 처참했습니다. 비록 고의는 아니었을지라도 사람을 죽였다는 생각이 끊임없이 떠올랐습니다. 반짝이는 금화가 나의 감각을 사로잡았다는 사실을 숨길 수 없었습니다. 그렇지 않았더라면 그런 덫에 맹목적으로 빠지지는 않았을 것이었기 때문입니다. 체포되고 두 시간가량 지나서 나는 감방에서 끌려 나갔습니다. 많은 계단을 내려가고 나서 큰 홀에 도착했습니다. 크고 검은 천으로 덮인 식탁 둘레에는 열두 명의 남자들이 앉아 있었습니다. 대부분 백발의 노인들이었습니다. 홀 양 옆에는 의자들이 있었는데, 이 의자에는 피렌체의 상류층 사람들이 앉아 있었고, 높은 곳에 위치한 좌석은 관객들로 빽빽하게 차 있었습니다. 내가 검은 탁자로 나아가자, 한 남자가 근엄하고 슬픈 표정을 지으면서 일어섰습니다. 피렌체의 총독이었습니다. 그는 죽은 사람의 아버지로서 이 사건을 재판할 수 없기 때문에 나이가 가장 많은 의원에게 이번에는 자리를 내어 주겠다고 말했습니다. 나이가 가장 많은 의원은 최소한 아흔 살은 되어 보이는 노인이었습니다. 그의 허리는 굽어 있었고, 관자놀이는 가늘고 하얀 머리카락으로 덮여 있었습니다. 그렇지만 그의 눈은 아직도 불같이 빛나고 있었으며, 그의 목소리는 힘차고 또렷했습니다. 그는 질문을 시작했고, 살인을 자백하겠느냐고 나에게 물었습니다. 나는 내 말을 들어 달라고 부탁하고는, 내가 저지르고 알고 있는 것을 또렷한 목소리로 차분하게 이야기했습니다. 내 이야기가 진행되는 동안에 총독의 안색은 창백해지기도 하고 붉어지기도 했는데, 내 이야기가 끝나자 총독은 흥분해서 나에게 소리쳤습니다.

"이 비열한 놈아! 돈에 대한 욕심으로 저지른 죄를 다른 사람에게 떠넘기려고 하느냐?"

의원은 총독에게 발언 중지를 지시했습니다. 총독은 자진해서 권리를 포기했기 때문이었습니다. 그리고 도둑맞은 물건이 없다는 총독의 증언에서 보듯이, 내가 돈에 대한 욕심으로 살인을 저질렀다는 사실은 아직 증명되지 않았기 때문이었습니다. 의원은 총독이 딸의 생활에 관해 이야기해야 한다고 거듭해서 말했습니다. 그래야만 내가 진실을 말하는지를 판단할 수 있다는 것이었습니다. 그러고 나서 의원은 총독이 제출하게 될 죽은 사람에 관한 서류를 살펴보기 위해 휴정을 선언했습니다. 나는 감옥으로 다시 끌려갔고, 죽은 사람과 빨간 망토 사이의 어떤 관련성이 발견될 것이라고 열렬히 희망하면서 참담한 하루를 보냈습니다. 다음 날 나는 희망을 품고 법정으로 갔습니다. 책상 위에는 많은 편지들이 놓여 있었습니다. 의원은 내 필체인지 물어보았습니다. 나는 편지들을 쳐다보고, 이 편지들은 내가 받은 쪽지와 똑같은 필체임이 틀림없다는 것을 알았습니다. 그래서 나는 이 사실을 의원에게 말했지만, 내 말에는 귀 기울이는 것 같지 않았습니다. 오히려 편지 밑에 있는 서명, 즉 내 이름의 첫 글자인 'Z' 때문에 내가 편지와 쪽지 모두 썼을 수도 있다고 말했습니다. 편지에는 죽은 사람을 협박하고 곧 거행될 결혼을 포기하라는 내용이 적혀 있었습니다.

총독은 나의 신상에 관해서 이상한 설명을 한 것 같았습니다. 이날 사람들은 나를 더 의심하고 엄하게 다루었습니다. 결백함을 증명하기 위해서 나는 내 방에 있어야 할 서류를 증거로 요청했습니다. 그런데 내 방을 뒤졌지만 아무것도 찾을 수 없었다고 합니다. 재판이 끝났을 때 나의 희망은 모두 사라졌습니다. 사흘째 되는 날 재판정으로 끌려 나왔을 때, 내게 판결문을 읽어 주었습니다. 나는 계획적인 살인죄로 사형을 선고받았습니다. 이렇게 해서 나는 끝장났습니다. 이 세상에서 소중하게 여긴 것을 두고, 고향에서 멀리 떨어진 곳에서 인생의 한창때에 나는 죄도 없이 도끼로 죽게 되었습니다. 내 운명이 결정된 잊을 수 없는 끔찍한 날 저녁에 나는 고독한 감방에 앉아 있었습니다. 희망은 사라져 버렸고, 죽음만을 생각하고 있던 그때에 감방 문이 열렸습니다. 그리고 한 남자가 들어와서 오랫동안 아무 말 없이 나를 쳐다보았습니다. 내 감방에 들어온 사람은 말했습니다.

"잘로이코스, 자네를 이곳에서 보게 되다니!"

나는 희미한 불빛 때문에 이 사람을 알아볼 수 없었지만, 그의 목소리는 내게 옛 기억을 되살려 주었습니다. 그는 다름 아닌 발레티였습니다. 그는 내가 파리에서 공부하는 동안에 알게 된 몇 안 되는 친구 가운데 하나였습니다. 그의 아버지는 피렌체에서 존경받는 인물로 살고 있었습니다. 그래서 내 친구 발레티는 피렌체에 우연히 왔다가 내 이야기를 듣게 되었다고 했습니다. 그리고 나를 만나보고 진짜 그런 무서운 짓을 저질렀는지 직접 들어보기 위해서 나에게 왔다고 말했습니다. 나는 그에게 이제까지의 일을 모두 이야기했고, 내 이야기에 들은 그는 무척 놀란 것 같았습니다. 그는 유일한 친구인 자신에게 모든 것을 말했고, 여기에서 벗어나려고 거짓말하지 않았다고 맹세할 수 있냐고 나에게 물었습니다. 나는 그에게 모든 것을 걸고 맹세했습니다. 나는 진실을 말했고, 반짝이는 금화에 눈이 멀어 정체불명의 남자의 말도 안 되는 이야기를 알아채지 못한 것 외에는 어떤 죄도 짓지 않았다고 말입니다. 그러자 친구는 물었습니다.

"비앙카를 알고 있지 않았어?"

나는 그녀를 본 적도 없다고 그에게 말했습니다. 그러자 발레티는 이 사건에는 깊은 비밀이 있는 것 같고, 총독이 나의 재판을 무척 서둘러 진행시켰다고 말했습니다. 그리고 내가 오래전부터 비앙카를 알고 있었고, 그녀가 다른 사람과 결혼하는 것에 대한 분풀이로 그녀를 살해했다는 소문이 사람들 가운데 돌아다닌다고 했습니다. 이 모든 것이 빨간 망토를 입은 남자에게 들어맞는 이야기였지만, 이 사람의 범행 가담에 대해서는 아무것도 증명할 수 없다고 그에게 말했습니다. 발레티는 울면서 나를 포옹했고 내 목숨을 구하기 위해서 모든 것을 시도해 보겠다고 약속했습니다. 나는 별다른 희망을 갖지 않았지만, 발레티가 현명하고 법을 잘 알고 있으며, 나를 구하기 위해 최선을 다할 것이라는 점은 분명히 알고 있었습니다. 나는 불안하고 초조한 마음으로 이틀을 보냈는데, 발레티가 마침내 다시 나타나서 말했습니다.

"고통스럽기는 하겠지만, 그래도 위로가 될 만한 소식을 가져왔네. 자네는 목숨을 건지고 자유로운 몸이 되겠지만, 손 하나는 잃게 될 것이네."

나는 기쁘고 감격해서 목숨을 구해 줘서 고맙다고 친구에게 말했습니다. 발레티는 총독이 이 사건을 다시 조사케 하자는 요청을 들어주지 않았다고 말했습니다. 그렇지만 불공평하게 보이지 않기 위해서, 총독도 피렌체 역사에서 비슷한 경우를 발견하게 되면 거기에 내려진 판결에 따라 내 형벌이 정해져야 한다는 점에는 동의했다고 했습니다. 그래서 발레티와 그의 아버지는 밤낮으로 고문서를 읽었고, 마침내 나와 비슷한 경우를 찾았던 것이었습니다. 그

책에 적힌 형벌은 왼손은 잘리고, 재산은 몰수되며 영원히 추방된다는 것이었습니다. 이것이 이제 내가 받을 형벌이었고, 나는 다가올 고통스러운 순간을 준비해야만 했습니다.

광장에서 손을 도마에 올려놓았고 또한 내 피가 아치를 그리며 내게 쏟아지던 이 끔찍한 순간을 여러분에게 자세히 이야기하지는 않겠습니다.

발레티는 나를 집으로 데려가서 내가 나을 때까지 돌봐 주었습니다. 그리고 고맙게도 나에게 여비도 마련해 주었습니다. 내가 그토록 부지런히 모았던 재산은 판결에 따라 모두 몰수되었기 때문이었습니다. 나는 피렌체에서 시칠리아〔이탈리아 남서쪽에 있는 지중해에서 가장 큰 섬—옮긴이〕로 갔고, 그곳에서 첫 배를 타고 콘스탄티노플로 갔습니다. 나의 유일한 희망은 친구에게 맡겨 둔 돈이었습니다. 그리고 나는 친구에게 함께 살게 해 달라고 부탁했습니다. 그러자 왜 내 집에 가지 않고 자기 집으로 오려고 하는지 그 친구가 내게 물었을 때, 나는 얼마나 놀랐는지 모릅니다. 내 친구의 설명을 들어 보니까, 낯선 사람이 내 이름으로 그리스인 거주 지역에 집을 한 채 사 놓았고, 또 내가 곧 올 것이라고 이웃에게 말했다고 합니다. 곧바로 나는 친구와 함께 그곳으로 갔고, 나의 옛 친지들이 나를 기쁘게 맞아 주었습니다. 나이 든 어떤 상인은 집을 사 준 사람이 남긴 편지를 나에게 주었습니다. 나는 그 편지를 읽어 보았습니다.

"잘로이코스, 당신이 한 손을 잃은 것을 느끼지 않도록 끊임없이 일할 두 손이 준비되어 있습니다. 당신이 보고 있는 집과 그 안에 있는 것은 모두 당신 것입니다. 당신은 해마다 점점 더 부유해져서 당신 나라에서 부자 가운데 부자가 될 것입니다. 그러니 당신보다 더 불행한 사람을 용서해 주시기 바랍니다."

나는 누가 이 편지를 썼는지 어렴풋이 알 수 있었습니다. 편지를 남긴 사람이 프랑스 사람인 것 같았고, 빨간 망토를 입고 있었다고 늙은 상인은 말해 주었습니다. 그래서 나는 정체불명의 사람이 고결한 마음을 완전히 포기하지는 않았다고 스스로에게 말했습니다. 새 집에는 모든 것이 최고급으로 꾸며져 있었고, 상점도 내가 가져 보았던 것보다 훨씬 좋은 물건으로 가득 차 있었습니다. 그 뒤로 십 년이 흘렀습니다. 필요해서라기보다는 오래된 습관 때문에 나는 장사 여행을 계속하기는 했지만, 내가 불행해졌던 그 나라에는 다시는 가지 않았습니다. 그때부터 나는 매년 천 개의 금화를 얻고 있습니다. 하지만 그 불행한 사람을 고귀한 사람으로 생각함으로써 나는 기쁨을 느낍니다. 하지만 죽은 비앙카의 무시무시한 모습이 내 속에 영원히 살아 있기 때문에, 내 영혼의 아픔은 치유할 수 없었습니다.

~~~~~

그리스 상인 잘로이코스가 이야기를 마쳤습니다. 다른 사람들은 커다란 관심을 갖고 그의 이야기를 들었는데, 그 가운데 특히 셀림 바루흐는 매우 감동받았습니다. 그는 몇 번이고 깊은 한숨을 내쉬었고, 물라이는 눈물을 흘린 것 같았습니다. 그들은 오랫동안 잘로이코스의 이야기에 관해서 의견을 나누었습니다.

셀림 바루흐는 물었습니다.

"그런데 당신의 귀중한 손을 그렇게 처참하게 잃게 하고, 목숨까지도 위태롭게 했던 그 정체불명의 사람을 미워하
~~~~~

지 않습니까?"

그리스 상인은 대답했습니다.

"이전에는 이렇게 큰 고통을 내게 안기고 내 삶을 망친 그 사람을 신 앞에 데려가서 심판받게 하고 싶었던 적이 있었습니다. 하지만 원수를 사랑하라는 조상의 신앙에서 나는 위로를 받았습니다. 그 사람이 아마 나보다 더 불행할 것입니다."

그러자 셀림 바루흐는 그 사람의 손을 잡으면서 말했습니다.

"당신은 정말로 고결한 마음을 가진 사람입니다."

그런데 이때 호위대장이 그들의 대화를 막았습니다. 그는 근심 어린 얼굴로 천막에 들어와서 더 이상 휴식을 취할 수 없을 것 같다고 보고했습니다. 여기는 자칫하면 카라반이 공격받는 곳이고, 보초 가운데 몇 명은 멀리서 말 탄 사람들을 보았다고 했습니다.

상인들은 이 소식을 듣고 깜짝 놀랐습니다. 낯선 사람인 셀림은 사람들이 당황하는 모습에 놀라면서, 이렇게 잘 보호받고 있는데 아랍 도적 떼를 겁낼 필요가 있냐고 말했습니다. 호위대장이 대답했습니다.

"그런 도적 떼라면 걱정할 것 없이 쉴 수 있을 것입니다. 그렇지만 얼마 전부터 무서운 오르바산이 그 모습을 나타낸다고 합니다. 그러니 더 경계하고 조심해야 합니다."

낯선 남자는 오르바산이 도대체 누구냐고 물었고, 그들 중 나이 많은 상인 아흐메트가 대답했습니다.

"이 평범하지 않은 사람에 관한 온갖 이야기가 사람들 가운데 떠돌고 있습니다. 대여섯 명과 싸워서 이기니까 그 사람을 초인적인 존재로 여기는 사람들도 있고, 또 불행한 일로 이 지역에 오게 된 용감한 프랑스인이라고 하는 사람들도 있습니다. 그렇지만 무엇보다 확실한 것은 그는 흉악한 도적이자 강도라는 사실입니다."

이 말에 레자흐라는 상인이 대답했습니다.

"그에 관해서 그렇게 말할 수만은 없습니다. 비록 도적이기는 하지만 그는 고결한 사람입니다. 예를 들어 이야기할 수 있겠지만, 그는 내 동생에게 고결한 사람의 모습을 보여 줬습니다. 오르바산은 자신의 부족을 훈련된 사람으로 만들었습니다. 그가 사막을 돌아다니면, 어떤 다른 부족도 감히 모습을 나타내지 못합니다. 그는 또한 다른 도적들같이 약탈하지 않고, 카라반에게서 보호세만 받을 뿐입니다. 보호세를 기꺼이 지불하는 자는 안전하게 자기 길을 계속 갈 수 있습니다. 오르바산이 사막의 지배자이기 때문입니다."

여행자들은 천막 안에서 서로 이야기를 나누었지만, 휴식처 주변에 배치된 보초들은 동요하기 시작했습니다. 무장한 기사의 한 무리가 반 시간 거리에서 모습을 나타냈고 이 숙영지를 향해 달려오는 것 같았기 때문입니다. 그래서 보초 가운데 한 사람이 천막에 와서 공격당할 것 같다고 알려 주었습니다. 상인들은 무엇을 해야 할지, 도적에 맞서서 싸울 것인지 아니면 공격을 기다릴 것인지 등을 서로 논의했습니다. 아흐메트와 나이 든 두 상인은 기다리기를 원했지만, 불같은 성격의 물라이와 잘로이코스는 맞서서 싸울 것을 요구하면서 셀림에게 도와 달라고 부탁했습니다. 그런데 셀림은 붉은 별이 그려진 작은 파란 천을 허리춤에서 천천히 꺼냈습니다. 그리고 이 천을 창에 묶은 후에 한 노예에게 그 창을 천막에 꽂으라고 명령했습니다. 동시에 그는 목숨을 걸고 장담한다면서, 말을 탄 무리가 이 표시를 보고 조용히 지날 것이라고 말했습니다. 물라이는 이것을 믿지 않았습니다. 그러나 노예는 창을 천막에 꽂았습니다. 그러는 사이에 숙영지에 있던 사람들은 모두 무기를 집어 들고, 긴장과 기대 속에서 말 탄 무리가 다가오는 것을 지켜보았습니다. 이 무리가 천막 위의 표시를 본 것 같았습니다. 그러더니 그들은 갑자기 숙영지로 가던 방향을 돌렸고, 활 모양으로 원을 그리면서 옆으로 지나갔습니다.

여행자들은 잠깐 동안 놀란 표정으로 서 있었습니다. 지나간 무리와 셀림을 번갈아 쳐다보면서 말입니다. 그러나 셀림은 아무 일도 없었다는 듯이 덤덤히 천막 앞에 서서는, 끝없이 펼쳐진 사막을 바라보았습니다. 마침내 물라이가 침묵을 깨고 크게 말했습니다.

"당신은 도대체 누구신데, 사막의 저 거친 무리를 간단한 표시로 물러가게 하는지요?"

셀림 바루흐가 대답했습니다.

"별것도 아닌 일로 칭찬이 과합니다. 포로 상태에서 도망칠 때, 나는 이 천을 구하게 되었습니다. 이 천 조각이 의미하는 바를 알지는 못하고, 다만 이 표시와 함께 여행하는 사람은 강력한 보호를 받는다는 것을 알고 있습니다."

상인들은 셀림을 구세주라고 부르면서 감사한 마음을 나타냈습니다. 말 탄 사람의 수가 너무 많아서 카라반은 정말 오랫동안 저항할 수는 없었을 것이었습니다.

가벼워진 마음으로 모두 휴식을 취했습니다. 해가 지기 시작하고 바람이 사막의 표면 위를 스쳐 지나갈 때, 그들은 길을 나섰습니다.

다음 날 그들은 하루만 더 가면 사막의 끝에 도착할 수 있는 곳에서 야영했습니다. 함께 여행하는 상인들 모두가 천막에 모였을 때, 레자흐가 말을 꺼냈습니다.

"어제 제가 오르바산이 고귀한 사람이라고 여러분에게 말했습니다. 허락하신다면, 내 동생의 운명에 관한 이야기로 이것을 증명하고자 합니다. 나의 아버님은 아카라의 재판관이었는데, 자녀가 셋 있었습니다. 내가 장남이었고, 훨씬 어린 남동생과 여동생이 있었습니다. 내가 스무 살이 되었을 때, 삼촌과 살게 되었습니다. 삼촌은 죽을 때까지 함께 머문다는 조건으로 나를 유산 상속자로 정했습니다.

그런데 삼촌이 아주 오래 살아서, 나는 이 년 전에야 고향으로 돌아올 수 있었습니다. 그런 까닭에 나는 어떤 끔찍한 운명이 우리 집에 닥쳤는지 또한 어떻게 알라가 이 운명을 바꾸어 놓았는지도 알지 못했습니다."

파트메의 구출

남동생 무스타파와 여동생 파트메는 거의 같은 또래입니다. 무스타파가 많아야 두 살 위였습니다. 그들은 진심으로 서로를 아꼈고, 편찮으신 아버지의 부담을 덜어 주는 모든 일을 함께 했습니다. 무스타파는 파트메의 열여섯 번째 생일에 파티를 열어 주었습니다. 그는 여동생의 친구들을 초대했고, 정성 들인 음식을 아버지의 정원에 내놓았습니다. 밤이 되었을 때, 그는 미리 빌려 와서 멋지게 꾸며 놓은 배를 타고 바다로 나가지 않겠냐고 파트메와 그 친구들에게 물었습니다. 그러자 소녀들은 매우 기뻐하면서 그렇게 하고 싶다고 대답했습니다. 아름다운 밤이었고, 특히 이 도시의 야경은 바다에서 보면 정말 장관이었기 때문입니다. 그런데 바다에서 배를 타고 노는 것이 정말 좋아서 소녀들은 좀더 멀리 나가 보자고 무스타파에게 간청했습니다. 며칠 전에 해적선이 보였기 때문에, 무스타파는 마지못해서 소녀들의 부탁대로 해 주었습니다. 도시에서 멀지 않은 곳에 바다 쪽을 향한 곳이 하나 있었습니다. 소녀들은 그곳에 가서 해가 바다로 지는 것을 보고 싶어 했습니다. 그런데 그들이 곶을 돌자, 무장한 배가 가까운 거리에 있는 것이 보였습니다. 불길한 예감이 든 무스타파는 노 젓는 사람들에게 빨리 배를 돌려서 육지로 가라고 명령했습니다. 그의 걱정은 현실이 되어 버렸던 것입니다. 노가 더 많은 그 배는 내 동생의 배를 재빨리 따라와서, 육지로 가는 길목을 막아섰습니다. 위험에 처한 것을 알게 된 소녀들은 발을 구르고 소리치며 울기 시작했습니다. 무스타파는 이렇게 흥분한 소녀들을 진정시키려고 했으나 소용없었습니다. 또 배에서 이리저리 왔다 갔다 하면 배가 뒤집힐 수 있으니까 차분히 있으라고 알아듣게 말했지만, 이것 역시 소용없는 일이었습니다. 그 배가 마침내 다가왔을 때, 모두 배 뒤편으로 몰리는 바람에 배는 뒤집혔습니다. 그러는 사이에 육지에 있던 사람들이 낯선 배의 움직임을 보게 되었습니다. 얼마 전부터 해적 때문에 걱정하고 있었기 때문에, 이 낯선 배는 의심받고 있었던 것이었습니다. 배 몇 척이 도와주기 위해서 육지를 떠나 내 동생의 배로 왔지만, 물에 빠진 사람들만 구할 수 있었습니다. 이렇게 혼란스러운 상황을 틈타 낯선 배는 도망쳤습니다. 구조된 사람들은 두 배에 함께 있었는데, 모두 구조되었는지는 알 수 없었습니다. 가까이 다가가 확인한 결과 내 여동생과 여동생의 친구 한 명이 보이지 않았고, 아무도 알지 못하는 낯선 남자가 발견되었습니다. 무스타파가 윽박지르고 위협하자, 그 남자는 동쪽으로 이 마일 떨어진 곳에 정박한 해적선 소속의 해적이라고 자백했습니다. 물에 빠진 소녀들을 건져 올리고 있었는데, 동료들이 급하게 도주하는 바람에 자기를 놓고 가 버렸다는 것이었습니다. 또한 동료들이 두 소녀를 배로 끌어 올리는 것을 보았다고 했습니다.

늙은 아버지의 고통은 너무도 컸습니다. 무스타파도 죽고 싶을 정도로 슬펐습니다. 사랑하는 동생을 잃어버렸을 뿐만 아니라, 그녀의 불행에 대한 죄책감 때문에 괴로웠던 것입니다. 게다가 동생과 함께 불행한 처지에 빠진 파트메의 친구는 무스타파와 결혼을 약속한 사람이었습니다. 무스타파는 그녀의 부모로부터는 결혼 승낙을 받았지만, 그녀의 부모가 가난하고 보잘것없는 가문 출신이기 때문에 아버지에게는 결혼에 관해서 말도 못 꺼내고 있었습니다. 아버지는 엄한 분이었습니다. 노여움이 약간 가라앉자, 아버지는 무스타파를 불러서 말했습니다.

"네 어리석음이 내게서 노년의 위로이자 내 눈의 기쁨인 사랑스런 딸을 앗아갔다. 떠나라, 내가 너를 영원히 내 앞에서 쫓아내고, 너와 네 자손을 저주하노라. 파트메를 내게 다시 데려올 때, 너는 아버지의 저주로부터 벗어날 것이다."

불쌍한 내 동생은 아버지로부터 이런 것을 기대하지 않았습니다. 사실 그 전에 그는 여동생과 그녀의 친구를 찾아 나서기로 결심했었고, 다만 아버지에게 축복을 부탁드리려고 했었습니다. 그런데 이제 아버지는 무스타파를 저주와 함께 세상으로 쫓아냈습니다. 처음에는 이 사건으로 갖게 된 고통에 굴복되어 괴로워했었다면, 이제는 이유 없이 당한 불행으로 그는 용기를 잃게 되었던 것이었습니다.

그는 포로가 된 해적에게 배가 어디로 갔는지 물었습니다. 그리고 해적들이 노예 거래를 하는 것과 발소라의 시장에서 거래가 이루어진다는 것을 알아냈습니다.

내 동생이 길 떠날 준비를 하기 위해 집으로 돌아왔을 때, 아버지의 노여움은 약간 가라앉은 것처럼 보였습니다. 아버지는 다른 사람을 통해 동생에게 필요한 여행 경비로 금화가 든 주머니를 보냈습니다. 무스타파는 빼앗긴 자신의 신부 조라이덴의 부모와 울면서 작별하고는 발소라로 향했습니다.

우리가 살던 작은 도시에서는 발소라로 직접 가는 배가 없었기 때문에, 무스타파는 육로로 여행할 수밖에 없었습니다. 이제 그는 발소라로 가는 해적들을 따라잡기 위해 강행군을 해야만 했습니다. 좋은 말을 타고 있었고 짐도 적었기 때문에 엿새째 되는 날에는 발소라에 도착할 수 있다고 생각했습니다. 혼자 길을 가던 나흘째 날 밤에 세 명의 남자가 그를 습격했습니다. 그들이 잘 무장된 강한 상대라는 것과 그들이 노리는 것이 말이나 돈이 아니라 목숨이라는 것을 알고는, 무스타파는 순순히 항복했습니다. 그들은 말에서 내려 무스타파의 발을 말의 배 아래로 묶고 나서 무스타파를 무리의 중앙에 두었습니다. 그리고 그들 중 한 명이 무스타파가 탄 말의 고삐를 잡았고, 그들은 아무 말도 없이 말을 몰았습니다.

무스타파는 숨이 탁 막히는 절망감에 휩싸였고, 아버지의 저주가 벌써 실현되는 것 같았습니다. 모든 것을 다 빼앗기고 목숨만 겨우 건진 상황에서 여동생과 조라이덴을 구출할 수 있을 것이라고 생각했겠습니까? 무스타파와 말 없는 동행자들은 한 시간 정도 말을 탔을 즈음에 작은 계곡으로 들어갔습니다. 계곡은 큰 나무로 둘러싸여 있었고, 부드럽고 짙은 초록색 풀로 덮여 있었으며, 그 가운데로 개울이 흘렀습니다. 휴식을 취하기에 안성맞춤이었습니다. 그는 실제로 열다섯에서 스무 개 정도 되는 천막을 보았습니다. 천막의 말뚝에는 낙타와 말이 매여 있었고, 한 천막에서는 치터〔손가락으로 퉁겨서 연주하는 현악기—옮긴이〕 소리와 두 남성의 멋진 목소리가 들려왔습니다. 이렇게 좋은 숙영지에서 흥겹게 지내는 사람들이라면 자신에게 나쁜 짓을 할 것이라고 생각되지는 않았습니다. 그래서 무스타파는 묶인 끈을 풀어 주고 따라오라고 손짓하는 사람을 큰 걱정 없이 따라갔습니다. 무스타파는 한 천막으로 끌려갔는데, 그 천막은 다른 천막들보다 더 컸으며 화려하게 꾸며져 있었습니다. 금실로 수놓은 화려한 쿠션, 손으로 짠 양탄자 그리고 금박 입힌 향로는 다른 곳에 있었더라면 부와 안락한 삶을 보여 주는 것이었겠지만, 여기에서는 뻔뻔스럽게 도적질한 노획물에 불과했습니다. 작고 나이 든 사람이 방석에 앉아 있었습니다. 그의 얼굴은 흉측했고, 피부는 짙은 갈색이었습니다. 눈과 입가에서 풍기는 음흉함과 교활함 때문에 그를 쳐다보기가 더욱 싫었습니다. 이 사람이 여기에서 거드름을 피우고 있지만, 무스타파는 이 화려한 천막이 그 사람 것이 아닌 것을 바로 알아차렸습니다. 무스타파를 끌고 온 사람들이 이 생각을 곧 확인시켜 주었습니다. 그들은 이 작은 사람에게 물었습니다.

"두목은 어디 계시지?"

이 늙고 작은 사람이 대답했습니다.

"두목은 잠깐 사냥하러 가셨는데, 없는 사이에 일 좀 맡아 달라고 하셨어."

이 말을 듣고 도적 중에 한 명이 대답했습니다.

"너에게 맡겼다면 두목이 일을 잘못하신 것 같아. 이놈을 죽일지 아니면 몸값을 받을 것인지 바로 결정해야 하는데, 이런 일은 두목이 너보다 잘하시거든."

그 작은 사람은 체면과 자존심 때문에 벌떡 일어났습니다. 그리고 손끝으로 상대방의 귀싸대기를 올려붙이려는 듯 몸을 쭉 뻗었습니다. 그는 한 대 쳐서 앙갚음을 하고 싶었던 것 같았습니다. 하지만 그 시도가 실패한 것을 알고는 욕을 하기 시작했고, 이렇게 시작된 다툼으로 천막 안이 소란스러워졌습니다. 그때 갑자기 천막 문이 열리고, 키가 크고 당당한 모습의 한 남자가 들어왔습니다. 그는 페르시아 왕자처럼 젊고 아름다운 남자였습니다. 장식이 화려한 단도와 번쩍이는 칼을 제외하고는 작고 소박한 옷과 무기를 지니고 있었습니다. 하지만 그는 진지한 눈빛을 가지고 있었으며, 그의 몸가짐은 두려움이 아니라 존경심을 불러일으켰습니다. 그는 깜짝 놀란 사람들에게 외쳤습니다.

"내 천막에서 감히 싸움질하는 놈이 누구냐?"

한참 동안 깊은 침묵이 흘렀고, 마침내 무스타파를 끌고 온 도적들 가운데 한 명이 어떻게 된 일인지 자초지종을 설명했습니다. 그러자 두목이라고 불리는 사람의 얼굴이 노여움으로 붉어지는 것 같았고, 그는 무시무시한 목소리로 그 작은 사람에게 소리쳤습니다.

"하산, 내가 언제 너에게 내 일을 대신하라고 하더냐?"

이 말을 들은 하산은 두려움으로 몸을 움츠리게 되었습니다. 이렇게 해서 더 작아 보이게 된 하산은 천막 입구 쪽으로 슬그머니 갔고, 두목이 성큼 한 발을 내딛자 하산은 이상한 걸음새로 도망쳤습니다.

작은 하산이 사라지자, 세 도적은 그러는 사이에 방석에 앉은 천막 주인 앞으로 무스타파를 데려갔습니다.

"잡아 오라고 분부하신 놈을 대령했습니다."

그러자 두목은 포로를 오랫동안 쳐다보고는 말했습니다.

"술리에이카 총독! 네 놈이 왜 오르바산 앞에 서 있는지 네 양심으로 알 것이다."

이 말을 들은 내 동생은 두목 앞에 엎드려서 말했습니다.

"어르신! 당신께서는 잘못 생각하고 계십니다. 저는 당신이 찾고 있는 술리에이카 총독이 아니라, 불쌍하고 불행하기 짝이 없는 사람입니다."

천막에 있던 사람들 모두 이 말을 듣고 깜짝 놀랐고, 이에 천막 주인이 말했습니다.

"네가 다른 사람인 체해 봐야 소용없다. 너를 아는 사람을 네 앞에 데려올 테니까 말이다."

그가 줄라이마를 데려오라고 명령하자, 그의 부하들은 어떤 늙은 여자를 천막으로 데리고 왔습니다. 그녀는 술리에이카 총독을 알아보겠냐는 물음에 대답했습니다.

"예, 맞습니다."

그녀는 이 사람이 총독이라고 예언자의 무덤을 두고 맹세한다고 했습니다. 그러자 두목은 분노에 차서 소리쳤습니다.

"이 비겁한 놈아, 네 속임수가 어떻게 들통 났는지 보았느냐! 내 칼을 너같이 비열한 놈의 피로 더럽히고 싶지 않다. 내일 해가 뜨면 너를 내 말의 꼬리에 묶을 것이고, 해가 술리에이카 언덕 너머로 떨어질 때까지 너를 온 숲으로 끌고 다닐 것이다."

그 말을 듣자 불쌍한 내 동생은 용기를 잃고 울면서 소리쳤습니다.

"엄격한 아버지의 저주로 모욕적인 죽음을 맞게 되는구나. 사랑하는 동생 그리고 조라이덴, 너희들을 다시는 못 보게 되는구나."

도적 가운데 한 명이 무스타파의 손을 등 뒤로 묶으면서 말했습니다.

"술리에이카 총독이 아니라고 우겨 봐야 소용없어. 천막에서 빨리 나가도록 하자. 두목이 입술을 깨물고 단도를 보고 있어. 하루라도 더 살고 싶으면 빨리 나가자."

도적들이 내 동생을 천막에서 데리고 나가려는 순간, 다른 세 도적을 만났습니다. 이 도적들은 포로 한 명을 밀면서 천막으로 들어오고 있었습니다. 그들은 포로를 두목의 방석 앞에 데려다 놓으며 말했습니다.

"명령하신 총독을 데려왔습니다."

포로가 끌려 들어올 때, 내 동생은 그를 관찰할 기회가 있었습니다. 내 동생이 보기에도, 그 포로는 약간 검은 얼굴과 짙은 수염 외에는 내 동생과 너무나 비슷했습니다. 두목은 두 번째 포로의 등장에 매우 놀란 것 같았고, 내 동생과 다른 포로를 번갈아 보면서 말했습니다.

"너희 가운데 도대체 누가 진짜 총독이냐?"

그러자 그 포로는 자부심에 찬 목소리로 대답했습니다.

"네가 찾는 사람이 술리에이카 총독이라면, 바로 나다."

두목은 그를 진지하고 무서운 눈초리로 오랫동안 바라보고는, 그를 끌어내라고 말없이 손짓했습니다. 이런 일이 있고 나서, 두목은 내 동생에게 다가가 단도로 끈을 자르고 묶인 손을 풀어 주었습니다. 그러고는 방석에 앉으라고 손짓하면서 말했습니다.

"낯선 사람이여! 내가 당신을 극악무도한 사람으로 착각해서 미안하오. 저 비열한 놈의 죽음이 예정된 바로 그 시간에 당신이 내 부하의 손에 붙잡혔는데, 이것을 기이한 하늘의 뜻으로 생각해 주시오."

내 동생은 조금이라도 지체되면 안 되는 급한 일이 있으니, 당장 여행을 계속할 수 있게 해 주면 더 바랄 것이 없다고 말했습니다. 그러자 두목은 내 동생이 급하게 떠나야

하는 이유를 물었습니다. 내 동생의 이야기를 다 듣고 나서, 그는 오늘 밤 자기 천막에서 묵고 가라고 설득했습니다. 내 동생과 말에게 휴식이 필요하고, 하루 반이면 발소라로 갈 수 있는 길을 내일 아침에 가르쳐 주겠다고 하면서 말입니다. 그의 제안을 받아들인 내 동생은 융숭한 대접을 받았고, 두목의 천막에서 아침까지 푹 잤습니다.

아침에 깨어난 내 동생은 천막에 혼자 있었습니다. 천막 앞에서 사람들이 나누는 이야기가 들렸습니다. 목소리로 볼 때, 두목과 작고 짙은 갈색 수염을 지닌 사람인 것 같았습니다. 내 동생은 대화를 잠깐 엿들었는데, 놀랍게도 동생이 풀려나면 배반할 것이니까 죽여야 한다고 그 작은 사람이 재촉하는 것이었습니다.

무스타파는 그 작은 사람이 어제 자기 때문에 좋지 못한 취급을 받았기 때문에 자기를 싫어한다는 것을 바로 알아차렸습니다. 두목은 잠깐 동안 생각하는 것 같았고, 마침내 입을 열었습니다.

"아니야, 그렇게 할 수 없어. 그 사람은 내 손님이고, 손님의 권리를 존중하는 것은 내게 성스러운 일이다. 그리고 그 사람은 우리를 배반할 것 같지도 않다."

그렇게 말하고는 두목은 장막을 걷고 천막으로 들어왔습니다.

"편히 주무셨소? 무스타파! 샤베트를 마시고, 떠날 채비를 하세요."

그는 동생에게 샤베트 한 잔을 건넸습니다. 두목과 내 동생은 음료를 마시고 나서 말에 고삐를 맸습니다. 무스타파는 이곳으로 끌려왔을 때보다 가벼워진 마음으로 말에 올랐습니다. 말을 탄 두 사람은 바로 천막을 등 뒤로 하고, 숲으로 가는 넓은 길로 들어섰습니다. 두목은 내 동생에게 총독에 관해서 이야기했습니다. 어제 포로가 된 총독은 자기 구역에서 안전을 약속했지만, 몇 주 전에 두목의 가장 용감한 부하 한 명을 붙잡아 고문하고 목매달아 죽였다는 것이었습니다. 그래서 두목은 총독을 잡기 위해 부하들을 오랫동안 잠복시켰고, 그렇게 해서 잡힌 총독은 오늘 죽게 될 것이라고 했습니다. 가까스로 죽음에서 벗어나서 기뻤기 때문에, 무스타파는 이에 대해서 어떤 반대 의견도 말할 수 없었습니다.

두목은 숲이 끝나는 곳에서 말을 멈추었고, 내 동생에게 길을 설명해 주었습니다. 그리고 작별하기 위해 손을 내밀면서 말했습니다.

"무스타파, 당신은 이상한 인연으로 오르바산의 손님이 되었소. 나는 당신이 보고 들은 것을 누설하지 말라고 요구하지 않겠소. 당신은 억울하게 죽음의 공포를 겪었고 이겨 냈소. 나는 당신에게 그 보상을 해야 하오. 보상에 대한 증표로 이 칼을 받으시오. 그리고 도움이 필요하면, 이 칼을 내게 보내시오. 그러면 당장에 당신을 도우러 갈 것이오. 그리고 이 주머니가 당신의 여행에 필요할 것이오."

내 동생은 그의 고결한 마음과 배려에 감사하면서, 단도는 받았지만 주머니는 사양했습니다. 하지만 오르바산은 내 동생의 손을 다시 꼭 잡고 주머니를 땅에 떨어뜨린 후에 황급히 말을 몰고 숲으로 사라졌습니다. 두목을 따라잡을 수 없다는 것을 깨닫고 무스타파는 말에서 내려 주머니를 집어 열어 보았습니다. 그리고 주머니에 많은 금화가 들어 있는 것을 보고는 손님을 대접한 두목의 큰 아량에 깜짝 놀랐습니다. 무스타파는 목숨을 구해 준 것을 알라에게 감사했고, 또한 고결한 도적이 은총 가운데 있기를 기도했습니다. 그러고 나서 기쁘고 즐거운 마음으로 발소라를 향해서 길을 떠났습니다.

여기에서 레자흐는 이야기를 멈추고, 묻는 듯한 표정으로 늙은 상인 아흐메트를 쳐다보았습니다.

"아니오. 사실이 그렇다면, 오르바산에 대한 나의 생각을 바꿔야겠소. 오르바산이 당신의 동생을 정말로 예의바르게 대접했으니 말이오."

물라이가 말했습니다.

"오르바산은 훌륭한 이슬람교도처럼 행동했습니다. 그런데 당신의 이야기는 이것으로 끝이 아니기를 바랍니다. 내가 보기에 모두들 당신의 이야기를 계속 듣고 싶어 하는 것 같습니다. 당신의 동생은 어떻게 되었는지 그리고 당신의 여동생 파트메와 아름다운 조라이덴이 구출되었는지를 말입니다."

그러자 레자흐는 대답했습니다.

"여러분을 지루하게 하지 않았다면, 이야기를 기꺼이 계속하겠습니다. 내 동생의 이야기는 모험과 기이한 사건으로 가득 차 있으니까요."

무스타파는 여행을 떠난 지 칠 일째 되는 날 정오에 발소라의 성문에 도착했습니다. 카라반을 위한 숙소에 도착해서 말에서 내리자마자, 그는 매년 열리는 노예시장이 언제 시작되는지 물었습니다. 그런데 내 동생은 이틀 늦게 도착했다는 끔찍한 말을 듣게 되었습니다. 또 사람들은 무스타파가 늦게 오는 바람에 좋은 구경거리를 놓쳤다고 말했습니다. 마지막 장날에 여자 노예 두 명이 끌려왔는데, 너무 아름다워서 모든 구매자들의 눈길을 사로잡았다는 것입니다. 모두들 그 아름다운 노예들을 차지하려고 다투고 난리를 피웠는데, 결국에는 지금의 주인에게 아주 비싼 가격으로 팔렸다고 했습니다. 내 동생은 이 노예들에 관해서 좀더 자세하게 알아보고 난 후에, 그들이 의심할 여지없이 자신이 찾고 있는 불쌍한 동생과 연인인 것을 확인했습니다. 또한 그 노예들을 산 사람은 발소라에서 사십 시간 정도 떨어진 곳에 살고 있으며, 이름은 티울리-코스이며 나이가 많고 아주 부유하다는 것을 알게 되었습니다. 그는 예전에 터키 황제의 총독이었으나, 지금은 은퇴해서 그동안 모은 재산으로 평안히 쉬고 있다는 것도 알게 되었습니다.

무스타파는 당장 말에 올라타서 하루도 채 안 되게 앞서 가고 있는 티울리-코스를 쫓아가려고 했습니다. 하지만 혼자서 그 권력 있는 사람에게 아무것도 할 수 없고, 더군다나 노예로 팔린 두 소녀를 찾아올 수도 없다는 생각이 들어서 다른 계획을 세웠습니다. 내 동생은 술리에이카 총독으로 혼동되어서 목숨까지 잃을 뻔했던 일을 기억하고는, 총독 이름으로 티울리-코스 집으로 가서 불행한 두 소녀를 구출하면 되겠다고 생각했습니다. 그래서 무스타파는 몇 명의 하인과 말을 구했는데, 오르바산이 준 돈이 아주 요긴하게 쓰였습니다. 그는 자신뿐만 아니라 하인들에게도 화려하고 멋진 옷을 사 입히고, 티울리-코스의 성을 향해 떠났습니다. 무스타파는 닷새 후에 성 근처에 도착했습니다. 그 성은 아름다운 평지에 있었고, 건물이 조금밖에 보이지 않게 높은 담으로 둘러싸여 있었습니다. 그곳에 도착한 무스타파는 머리와 수염을 검게 염색하고, 얼굴에는 갈색 식물 진액을 발라서 총독과 비슷하게 변장했습니다. 그러고 나서 하인 한 명을 성으로 보내어 술리에이카 총독의 이름으로 하룻밤 체류를 부탁하게 했습니다. 그 하인은 바로 돌아왔고, 그와 함께 온 멋지게 차려입은 네 명의 노예들은 무스타파가 탄 말의 고삐를 잡고, 무스타파를 성의 뜰로 데리고 갔습니다. 성에 도착하자 그 노예들이 또한 무스타파가 말에서 내리는 것을 도와주었고, 다른 네 명의 노예들은 무스타파를 넓은 대리석 계단을 통해서 티울리에게 안내했습니다.

유쾌하고 어울리기 좋아하는 노인인 티울리는 내 동생을 공손하게 맞이했고, 요리사가 할 수 있는 최고급의 음식으로 대접했습니다. 식사를 마친 후에 무스타파는 새로 온 여자 노예들에 관한 이야기를 서서히 꺼냈습니다. 티울리는 노예들이 정말 아름답기는 한데, 슬픈 표정을 짓고 있어서 걱정스럽다고 말했습니다. 물론 곧 괜찮아질 것이라고 덧붙이면서 말입니다. 내 동생은 티울리의 환대에 매우 만족했고, 구출에 대한 커다란 희망을 품고 자리에 누워 휴식을 취했습니다.

한 시간쯤 잤을까, 눈에 비치는 등불이 내 동생을 깨웠습니다. 자리에서 일어났을 때 그는 꿈을 꾸는 줄 알았습니다. 오르바산의 천막에서 봤던 그 작고 거무스름한 하산이 손에는 등을 들고 큰 입에는 불쾌한 웃음을 머금고 그 앞에서 있었기 때문입니다. 무스타파는 꿈이 아닌지 알아보려고 팔을 꼬집고 코를 잡아당겨 보았습니다. 그런데 눈앞에 보인 것은 그대로였습니다. 놀라움에서 서서히 깨어나면서 무스타파가 말했습니다.

"내 침대 곁에서 뭐하고 있는 거지?"

그러자 그는 대답했습니다.

"뭘 그렇게 놀라나! 네가 이곳에 왜 왔는지 난 알고 있어. 물론 네 고귀한 그 얼굴도 잊지 않았지. 그 총독을 내 손으로 목매달지 않았다면, 너를 여전히 총독으로 착각했을 거야. 그런데 물어볼 것이 있어 여기에 왔는데."

자신의 정체가 드러난 것에 분노한 무스타파가 말했습니다.

"먼저 여기에 어떻게 해서 왔는지 말해 보시오."

그 작은 사람은 대답했습니다.

"나는 두목과 더 이상 잘 지낼 수가 없어서 도망쳤어. 그런데 무스타파 너 때문에 우리가 다투게 되었지. 그러니 그 대가로 여동생을 나한테 부인으로 줘야겠어. 그러면 내가 도망가도록 돕겠지만, 그렇지 않을 경우에는 나의 새 주인에게 총독에 관한 비밀을 이야기해야 되지 않겠어!"

무스타파는 놀라고 화가 나서 제정신이 아니었습니다. 자신의 계획이 곧 실현되겠다고 기대한 순간에 이 비열한 놈이 느닷없이 나타나 모든 것을 망치려 했기 때문이었습니다. 자신의 계획을 건질 방법은 하나밖에 없었습니다. 이 비열한 괴물을 없애 버려야만 했습니다. 그래서 무스타파는 단번에 그놈에게 덤벼들었습니다. 그런데 이런 행동을 예상했는지 이 작은 괴물은 등을 떨어뜨려 불을 껐습니다. 그러고는 살려 달라고 미친 듯이 외치면서 어둠 속에서 도망쳤습니다.

이제는 일이 어렵게 되었습니다. 무스타파는 당분간 소녀들을 포기하고, 자기 살 길을 찾아야만 했습니다. 그래서 창가로 가서 뛰어내릴 수 있는가 살폈습니다. 바닥까지는 꽤 높은 높이였고, 다른 쪽에 있는 벽도 높았습니다. 잠깐 생각하면서 서 있었는데, 방으로 다가오는 많은 목소리가 들렸습니다. 그들이 문에 거의 다 왔을 때, 무스타파는 절망에 차서 단도와 옷자락을 잡고는 창을 향해 몸을 날렸습니다. 쿵 하고 떨어져서 충격은 컸지만, 다행히 부러진 곳은 없었습니다. 그는 바로 일어나 뜰을 둘러싼 벽을 훌쩍 뛰어넘어 밖으로 도망쳤습니다. 이것은 무스타파를 쫓던 사람들에게도 놀라운 일이었습니다. 작은 숲에 이를 때까지 도망친 무스타파는 지쳐서 쓰러졌습니다. 그러고는 무엇을 할 것인가 곰곰이 생각했습니다. 실패한 계획으로 인해 말과 하인들은 곤경에 처하게 되었지만, 허리춤에 지녔던 돈은 그대로 있었습니다. 꾀가 많은 무스타파는 구출할 다른 방법을 생각해 냈습니다. 그는 숲을 계속 걸었고, 마침내 한 마을에 도착했습니다. 그곳에서 싸게 구입한 말을 타고, 다른 마을로 가서 의사를 찾았습니다. 그는 사람들의 도움으로 노련한 의사를 알게 되었고, 금화 몇 개를 주면서 수면제와 잠을 금방 깨게 하는 약을 알려 달라고 부탁했습니다. 그 약들을 손에 넣고 나서, 무스타파는 여행하는 의사로 변장하기 위해 필요한 긴 수염, 검은 가운,

상자 그리고 병들을 구입했습니다. 모든 준비를 마친 그는 물건을 나귀에 싣고 티울리-코스의 성으로 다시 갔습니다. 수염 덕분에 자기도 못 알아볼 정도로 모습이 변했기 때문에 이번에는 자기의 정체가 들통 나지 않을 것이라고 확신하면서 말입니다. 티울리의 성에 도착하자, 무스타파는 자신을 의사 '차카만카부디바바'라고 소개했습니다. 일은 내 동생이 생각했던 대로 되었습니다. 화려한 이름은 바보 같은 노인의 마음에 쏙 들었는지, 내 동생을 당장 식사에 초대했습니다. 그렇게 해서 차카만카부디바바는 티울리를 만나게 되었습니다. 서로 이야기를 나눈 지 한 시간도 되지 않아서, 노인은 모든 여자 노예들을 현명한 의사에게 진찰받게 하겠다고 결심했습니다. 무스타파는 사랑하는 동생을 이제 다시 볼 수 있다는 기쁨을 간신히 감추고, 두근거리는 마음으로 티울리를 따라 별궁으로 갔습니다. 티울리와 무스타파는 아름답고 화려하게 꾸며진 방에 도착했는데, 아무도 없었습니다. 노인이 말했습니다.

"참바바 아니 용한 의사 선생! 벽에 있는 저 구멍을 잘 보시오. 저기에 내 여자 노예들이 팔을 내밀 테니까, 맥을 짚어 보고 건강한지 진찰해 보시오."

무스타파는 자신이 원하는 것을 말했지만, 여자 노예들을 볼 수 없는 상태에서 노예들의 건강 상태를 노인에게 알려주게 되었습니다. 티울리는 긴 쪽지를 허리춤에서 꺼내어 큰 목소리로 노예들을 하나씩 불렀습니다. 그러자 한 팔이 벽에서 나왔고, 이 팔로 의사는 맥을 짚었습니다. 여섯 명을 검사하고 모두 건강하다고 알려주었을 때, 티울리는 일곱 번째 노예를 '파트메'라고 읽었습니다. 그러자 작고 하얀 팔이 벽에서 미끄러져 나왔습니다. 기쁨으로 떨면서 무스타파는 팔을 잡았고, 어두운 표정을 지으며 이 노예가 심각한 상태에 있다고 말했습니다. 티울리는 몹시 걱정하면서 그녀에게 맞는 약을 빨리 지으라고 의사에게 명령했습니다. 무스타파는 나가서 작은 쪽지에 적었습니다.

"파트메! 내가 주는 약을 먹겠다고 마음먹으면 너를 구할 수 있을거야. 이 약을 먹으면 이틀 동안 죽은 듯이 지내게 되는데, 다시 깨우는 약도 있으니까 걱정하지 말아라! 내가 말한 대로 할 생각이면, 물약이 도움이 되지 않는다고 말해라. 이것이 네가 동의한다는 표시가 될 테니까."

무스타파는 티울리가 기다리는 방으로 무해한 물약을 가지고 돌아왔습니다. 파트메의 맥을 다시 짚어 본 그는 팔찌 밑에 끼어서 쪽지를 전해 주었고, 벽에 난 구멍으로 물약을 건네주었습니다. 티울리는 파트메 때문에 큰 근심에 싸인 듯했고, 다른 노예들에 대한 진료는 다음으로 미루도록 했습니다. 무스타파와 함께 방을 나온 노인은 슬픈 목소리로 말했습니다.

"차디바바, 파트메의 병을 어떻게 생각하는지 솔직하게 말해 보시오."

차카만카부디바바는 한숨을 깊이 내쉬면서 대답했습니다.

"주인 어른! 예언자가 당신을 위로해 주시기를 기원합니다. 파트메는 만성적인 열로 고생하고 있는데, 이 열 때문에 죽을 것 같습니다."

그러자 티울리는 분노에 휩싸여 소리쳤습니다.

"이 빌어먹을 의사가 도대체 무슨 말을 하고 있는 거야! 금화 이천 냥이나 주고 산 노예가 암소마냥 그냥 죽어야 한단 말이야! 단단히 알아둬라, 내 노예를 살려 내지 못하면 네 목도 날아갈 테니까!"

내 동생은 다소 어리석게 일을 처리한 것 같아서 티울리에게 다시 희망을 주었습니다. 그렇게 이야기하고 있을 때, 흑인 노예 한 명이 별궁에서 와서 물약이 효과가 없다고 전해 주었습니다. 그러자 티울리는 많은 돈을 주고 산 노예를 죽음으로 잃을까 봐 두려워서 미친 듯이 소리쳤습니다.

"차카만카부디바바, 온갖 의술을 다 써 보시오. 돈은 원하는 대로 다 줄 테니까 말이오."

의사는 대답했습니다.

"그녀가 위급한 상태에서 벗어나도록 약을 주겠습니다."

늙은 티울리는 흐느끼며 말했습니다.

"그래, 그래, 약을 주시오."

기쁜 마음으로 무스타파는 잠드는 약을 가지고 와서 흑인 노예에게 한 번에 어느 정도 먹어야 하는지를 설명해 주었습니다. 그러고는 호수에서 치료에 좋은 약초를 구해야겠다고 티울리에게 말하고는 성문으로 갔습니다. 성에서 얼마 떨어지지 않는 호수에 도착한 무스타파는 변장에 사용했던 의사 가운을 벗어서 둥둥 떠다니도록 호수에 던져 버렸습니다. 그러고 나서 덤불에 몸을 숨기고 밤이 되기를 기다렸다가, 티울리 성에 있는 묘지로 아무도 모르게 갔습니다.

무스타파가 성을 나간 지 한 시간도 채 되지 않아서 파트메가 위독하다는 끔찍한 소식이 티울리에게 전해졌습니다. 깜짝 놀란 티울리는 의사를 빨리 데려오도록 하인들을 호수로 보냈습니다. 그런데 호수에 갔던 하인들은 그냥 돌아와서는 의사가 물에 빠져 죽었다고 말했습니다. 의사의 검은 가운이 호수 가운데에 떠다니고, 그의 검은 수염이 물결에 따라서 이따금 보인다는 것이었습니다. 파트메를 살려 낼 방법이 더 이상 없다는 것을 깨달은 티울리는 자신과 온 세상을 저주했고, 또한 수염을 뜯으면서 머리를 벽에 받았습니다. 소용없는 일이었습니다. 파트메는 다른 여자 노예들의 품에서 숨을 거두었습니다. 티울리는 파트메가 죽었다는 소식을 접하고, 관을 서둘러 마련하라고 명령했습니다. 그는 죽은 사람을 집에 두는 것을 참을 수 없어서 매장지로 옮기도록 했습니다. 일꾼들은 관을 매장지로 가져가서는 얼른 내려놓고 도망쳤습니다. 관 속에서 신음 소리와 한숨 소리가 들려왔기 때문입니다.

일꾼들이 도망가도록 일을 꾸몄고 묘지 뒤에 숨어 있었던 무스타파는 밖으로 나와서 준비한 등을 켜고, 잠을 깨우는 약이 든 병도 꺼냈습니다. 그러고 나서 관 뚜껑을 열었습니다. 그런데 등불 아래에 낯선 사람이 누워 있는 것을 보고 내 동생은 얼마나 놀랐는지 모릅니다! 내 여동생도 아니고 조라이덴도 아닌 완전히 다른 사람이 관 속에 누워 있었던 것이었습니다. 이 새로운 운명의 장난에서 제정신을 차리는 데 한참 걸렸습니다. 하지만 분노보다는 연민의 마음이 더 많이 들었습니다. 그래서 그는 약병을 열고, 약을 그녀의 입에 흘려 넣어 주었습니다. 그러자 그녀는 숨을 쉬기 시작했고, 눈을 떠서 자신이 어디에 있는지 한참 생각했습니다. 그러다가 지난 일을 기억했는지 관에서 나와 무스타파의 발에 엎드리고 외쳤습니다.

"노예로 갇혀서 비참하게 지내던 나를 구해 주시다니! 자비로운 분이여, 이 은혜를 어떻게 갚아야 할지 모르겠습니다."

그런데 무스타파는 어떻게 해서 동생 파트메가 아니라 그 여자가 구출되게 되었는지를 묻기 위해서 그녀의 감사

인사를 막았습니다. 이 물음을 듣고 그녀는 놀란 표정으로 말했습니다.

"전혀 이해가 되지 않았는데, 이제야 어떻게 해서 내가 구출되었는지를 알겠습니다. 성에서 저는 파트메로 불렸습니다. 당신이 제게 쪽지와 구출의 약을 주셨습니다."

무스타파는 구출된 여자에게 동생 파트메와 조라이덴의 근황을 알려 달라고 재촉했습니다. 그리고 둘 모두 성에 있지만, 티울리의 습관에 따라 다른 이름으로 불린다는 사실을 알게 되었습니다. 동생과 조라이덴은 각각 미르자흐와 누르마할로 불리고 있었습니다.

일이 기대했던 것과 다르게 진행된 까닭에 완전히 풀죽은 내 동생을 보고, 여자 노예 파트메는 두 소녀를 구하는 방법을 알려 주겠다고 하면서 용기를 불어넣어 주었습니다. 이 말에 용기를 얻은 무스타파는 새로운 희망을 가지고 구출 방법을 알려 달라고 부탁했습니다. 그러자 그녀는 말했습니다.

"저는 티울리의 노예가 된 지는 오 개월밖에 되지 않았지만, 처음부터 탈출을 생각했습니다. 그런데 나 혼자 탈출하기에는 너무 어려웠습니다. 성의 안뜰에는 열 개의 관에서 물을 뿜어 내는 우물이 있습니다. 그런데 이 우물이 내 눈에 띄었습니다. 물이 넓은 관을 통해서 들어오는, 그와 비슷한 것을 아버지 집에서 보았던 기억이 났습니다. 어느 날 이 우물도 그렇게 지어졌는지 알아보기 위해서 티울리 앞에서 우물의 화려함을 칭찬하고는 누가 만들었는지 물었습니다. 그러자 그는 대답했습니다. '내가 직접 만들었지, 네가 보고 있는 저것은 아무것도 아니야. 저 물은 개울에서 최소한 천 걸음 정도 흘러와서 적어도 남자 키만큼 높은 둥근 관을 통과하고 있어.' 이 말을 듣고 나는 단 한순간이라도 남자 같은 힘이 있었으면 하고 바랐습니다. 우물 옆으로 돌 하나를 끄집어내고 내가 원하는 곳으로 도망칠 수 있도록 말입니다. 그 수로를 당신에게 알려 드릴게요. 당신은 그 수로를 통해 성으로 가서 그 소녀들을 구할 수 있을 것입니다. 하지만 밤에 별궁을 지키는 노예들을 제압하기 위해서는 최소한 남자 두 명이 더 필요합니다."

그녀의 말이 끝나자, 무스타파는 두 번이나 실패했지만 다시 마음을 다지고 알라의 도움으로 그녀의 계획을 실행하기로 결심했습니다. 그리고 성에 가는 것을 도와준다면, 그녀가 고향으로 돌아가는 데 도움을 주겠다고 약속했습니다. 그런데 도대체 어디에서 둘 내지 세 명의 남자를 구할 수 있을까 생각하자, 걱정되기 시작했습니다. 그때 오르바산의 단도와 도움이 필요하면 언제라도 오겠다는 오르바산의 약속이 생각났습니다. 그래서 내 동생은 파트메와 함께 묘지에서 나와서 오르바산을 찾아 길을 떠났습니다.

의사로 변장했었던 도시에서 무스타파는 마지막 남은 돈으로 말을 사고, 구출한 파트메를 외곽의 한 노파 집에 묵게 했습니다. 그러고 나서 오르바산을 처음으로 만났던 산악지대를 향해 서둘러 길을 나서, 삼 일 만에 그곳에 도착했습니다. 천막을 바로 찾은 무스타파가 오르바산 앞에 갑작스럽게 나타났지만, 오르바산은 그를 반갑게 맞아 주었습니다. 무스타파는 오르바산에게 실패한 구출 계획에 관해서 이야기했습니다. 이야기를 듣던 근엄한 오르바산은 실소를 금할 수 없었는데, 특히 변장한 의사 차카만카부디바바를 생각할 때는 더욱 그러했습니다. 하지만 작은 하산의 배반을 듣고는 몹시 화를 내면서, 잡기만 하면 자기 손으로 그의 목을 매달겠다고 맹세했습니다. 그리고 여독을 풀고 몸을 추스르면 도와주겠다고 동생에게 약속했습니다.

이렇게 해서 무스타파는 오르바산의 천막에서 다시 묵게 되었고, 날이 밝자 그들은 길을 나섰습니다. 오르바산은 가장 용감한 무장된 부하 셋을 데리고 갔습니다. 그들은 부지런히 말을 몰아서, 무스타파가 구출한 가짜 파트메가 묵고 있는 도시에 이틀 만에 도착했습니다. 그곳에서 파트메를 데리고 말을 계속해서 몰았고, 마침내 티울리의 성에서 얼마 떨어지지 않은 작은 숲에 도착했습니다. 그리고 이 숲에서 밤이 오기를 기다렸습니다. 어두워지자 그들은 파트메를 따라서 조심스럽게 수로가 있는 개울로 갔고, 곧 수로를 찾았습니다. 그들은 그곳에서 파트메와 부하 한 명을 말과 함께 남겨 두고 물로 뛰어내릴 준비를 했습니다. 그들이 뛰어내리기 전에 파트메는 모든 것을 정확하게 다시 설명했습니다. 우물을 통해서 성의 뜰로 들어가면 왼쪽과 오른쪽 구석에 두 개의 탑이 있는데, 오른쪽 탑에서 여섯 번째 방에 파트메와 조라이덴이 있고, 그 앞에 흑인 노예 두 명이 지키고 서 있을 것이라고 말했습니다. 무기와 쇠막대기를 지니고 무스타파, 오르바산 그리고 두 명의 남자가 수로로 뛰어들었습니다. 허리춤까지 물이 올라왔지만, 민첩하게 앞으로 나아갔습니다. 반 시간쯤 뒤에 그들은 우물에 도착했고, 쇠막대기를 바로 사용했습니다. 벽은 두껍고 단단했지만, 장정 네 명의 힘을 오랫동안 견뎌내지는 못했습니다. 그들은 얼마 안 있어서 미끄러져 들어가기에 충분한 크기의 구멍을 뚫었습니다. 오르바산이 먼저 빠져나가고, 다른 사람들이 나오도록 도와주었습니다. 모두 뜰 안으로 들어가자, 가짜 파트메로부터 설명을 들은 방의 문을 찾기 위해서 앞에 놓인 성을 쳐다보았습니다. 하지만 어떤 문인지 서로 의견이 일치되지 않았습니다. 오른쪽 탑에서 셀 때, 벽이 막힌 방이 하나 있는데 이것을 포함해야 하는지 빼야 하는지를 파트메가 말하지 않았기 때문이었습니다. 하지만 오르바산은 오래 고민하지 않고 외쳤습니다.

"어떤 문도 내 칼로 열 수 있다."

그러고는 여섯 번째 문으로 달려갔고, 다른 사람들도 그의 뒤를 따랐습니다. 문을 열었을 때, 여섯 명의 흑인이 바닥에 누워 자고 있는 것을 보게 되었습니다. 문을 잘못 열었다는 것을 알고 조용히 물러나려고 할 때, 구석에서 한 사람이 일어나서는 친숙한 목소리로 도와달라고 외쳤습니다. 오르바산의 천막에서 마주친 작은 사람이었습니다. 흑인들이 무슨 일이 일어났는지 알기도 전에, 오르바산은 작은 사람에게 달려들었고 허리띠를 둘로 찢어서 작은 사람의 입을 막고 팔을 등 뒤로 묶었습니다. 그러고 나서 그는 다른 흑인들에게 몸을 돌렸고, 무스타파와 부하들이 반쯤 묶던 흑인들을 완전히 제압하는 것을 도와주었습니다. 일행 중 하나가 제압된 노예들에게 칼을 들이대고 누르마할과 미르자흐가 어디 있는지 물었고, 노예들은 옆방에 있다고 자백했습니다. 무스타파는 그 방으로 뛰어 들어가서 이러한 소란으로 잠에서 깬 파트메와 조라이덴을 발견했습니다. 그녀들은 서둘러 재물과 옷을 챙겨 무스타파를 따라갔습니다. 두 부하 도적은 눈에 띄는 물건을 가져가자고 오르바산에게 제안했지만, 오르바산은 약탈을 금지한다고 말했습니다.

"오르바산이 물건을 훔치려고 밤을 틈타 집에 침입했다는 말을 들어서는 안 된다."

무스타파와 구출된 소녀들은 서둘러 수로로 갔고, 오르바산은 곧 따라가겠다고 말했습니다. 무스타파와 소녀들이 수로로 뛰어내릴 때, 오르바산과 부하 한 명은 배신한 작은 놈을 잡아서 뜰로 끌고 갔습니다. 그곳에서 그들은 준비해 온 비단 끈으로 그의 목을 묶고서 우물 꼭대기에 매달았습니다. 비열한 배반자를 이렇게 처벌한 후에 그들은 수로에 뛰어들어 무스타파를 따라갔습니다. 두 소녀는 눈물을 흘리면서 고귀한 구원자인 오르바산에게 감사했습니다. 하지만 오르바산은 티울리가 사방으로 쫓아올 것이기 때문에 서둘러 도망쳐야 한다고 길을 재촉했습니다. 다음 날 무스타파와 구출된 소녀들은 깊은 감동을 받은 채 오르바산과 헤어졌습니다. 정말로 그들은 그를 잊지 않을 것입니다. 그리고 자유의 몸이 된 노예 파트메는 고향으로 가는 배를 타기 위해 변장하고 발소라로 갔습니다.

무스타파와 소녀들은 짧고 평안한 길을 통해 고향으로 돌아왔습니다. 그들을 다시 보게 된 아버지는 기뻐서 어쩔 줄을 몰랐습니다. 아버지는 도착한 다음 날 온 도시 사람들이 즐길 수 있도록 큰 축제를 열었습니다. 친척과 친구들이 모인 자리에서 내 동생은 이 모험담을 이야기했고, 이 이야기를 들은 사람들은 모두 그와 고귀한 도적 오르바산을 칭찬했습니다.

내 동생이 이야기를 마치자, 아버지는 일어나서 그에게 조라이덴을 데리고 왔습니다. 그러고는 엄숙한 목소리로 말했습니다.

"이제 내 저주를 네 머리에서 푸노라. 그리고 네가 열심히 싸워서 얻은 보답으로 이 소녀를 아내로 맞도록 하고, 조상의 축복을 받아라! 형제애와 영리함 그리고 열정에서 너와 비견될 수 있는 젊은이가 이 도시에서 끊이지 않기를 기원하노라."

～～～～～

카라반은 사막의 끝 지점에 도착했고, 여행자들은 여러 날 보지 못했던 푸른 들판과 우거진 나무들과 인사를 나누었습니다. 밤에 머물기로 한 카라반 숙소는 아름다운 계곡에 있었습니다. 그 숙소가 편안하거나 상쾌한 곳은 아니었지만, 함께한 상인들은 모두 이전보다 기분이 좋았고 더 깊은 신뢰감을 느꼈습니다. 사막 여행에서 불가피하게 겪게 되는 위험과 불편함에서 벗어났다는 생각 때문에 모두 마음을 열고 농담과 장난할 마음이 생겼기 때문입니다. 젊고 재미있는 상인 물라이는 익살스러운 춤을 추었고, 진지한 표정을 짓는 그리스 상인에게서 웃음을 자아내는 노래도 불렀습니다. 물라이는 또한 춤과 놀이로 동행자들의 흥을 돋우는 것으로 부족했던지 약속했던 이야기를 하겠다고 스스로 나섰습니다. 그는 춤과 놀이로 가빠진 숨을 고르고 나서는 난쟁이 무크 이야기를 시작했습니다.

난쟁이 무크 이야기

난쟁이 무크라고 불리는 한 남자가 나의 사랑하는 고향 니케아[터키 이즈니크 호 기슭의 도시 이즈니크의 옛 이름으로 소아시아의 고대 도시—옮긴이]에 살고 있었습니다. 아주 어린 나이였지만, 나는 그를 잘 기억합니다. 그 사람 때문에 아버지에게 반쯤 죽도록 얻어맞았기 때문에 잊을 수가 없었습니다. 내가 난쟁이 무크를 알았을 때, 그는 이미 나이가 들었지만, 키는 일 미터 안팎으로 작았습니다. 그는 기묘한 모습을 하고 있었는데, 몸집은 작고 귀여웠으나 머리는 다른 사람보다 더 컸습니다. 그는 큰 집에서 혼자 살았고, 음식도 직접 해 먹었습니다. 그가 한 달에 한 번만 외출했기 때문에 점심 시간에 그 집에서 올라오는 연기마저 없었다면, 도시 사람들은 그가 살았는지 죽었는지도 몰랐을 것입니다. 그렇지만 무크가 밤에 지붕에서 왔다 갔다 하는 것을 종종 볼 수 있었습니다. 물론 도시에서 볼 때, 그의 큰 머리만 지붕에서 돌아다니는 것처럼 보였지만 말입니다. 나와 내 친구는 사람을 조롱하고 귀찮게 하는 버릇없는 아이들이었습니다. 그래서 난쟁이 무크가 외출하는 날은 우리에게 잔칫날이나 다름없었습니다. 우리는 무크가 외출하는 날이면 그의 집 앞에 모여서 그가 나오기를 기다렸습니다. 마침내 문이 열리고 커다란 터번을 쓴 그의 큰 머리가 먼저 나오고, 다음으로 낡은 외투와 통이 넓은 바지 그리고 넓은 허리띠를 두른 그의 작은 몸집이 나옵니다. 그런데 허리춤에 차고 있는 칼은 어찌나 긴지, 무크가 칼을 찬 것인지 칼에 무크가 붙어 있는 것인지 구분할 수 없었습니다. 이런 모습으로 무크가 밖으로 나오면, 우리는 기뻐서 환호성을 지르며 모자를 하늘로 던졌고 또 무크 주위를 돌면서 춤을 추었습니다. 그러면 난쟁이 무크는 엄숙하게 목을 끄덕이며 우리에게 인사하고, 느린 발걸음으로 길을 나섰습니다. 그는 내가 본 적도 없는 크고 널찍한 슬리퍼를 신고 있었기 때문에 발을 질질 끌면서 걸었습니다. 우리는 그를 쫓아가면서 계속 소리쳤습니다.

"난쟁이 무크, 난쟁이 무크!"

또 우리는 우스운 노래도 만들었는데, 그를 놀리기 위해 그 노래를 불렀습니다.

난쟁이 무크, 난쟁이 무크,
커다란 집에 살고,
한 달에 한 번만 집 밖으로 나오는,
너는 멋지고 귀여운 난쟁이,
산처럼 큰 머리통을 가지고,
이리저리 두리번거리는,
난쟁이 무크야, 달려와서 우리를 잡아 봐라

그렇게 우리는 장난치고 그를 놀렸습니다. 부끄러운 고백이지만, 내가 제일 심하게 장난을 쳤습니다. 옷자락을 잡아당기기도 했고, 한번은 뒤에서 큰 슬리퍼를 밟아서 그가 넘어지게 하기도 했습니다. 이것은 내게 정말 재미있는 일이었습니다. 그런데 난쟁이 무크가 우리 집을 향해 걸어

가는 것을 보고는 내 얼굴에서 웃음이 싹 가셨습니다. 그는 정말 우리 집에 들어가서 오랫동안 머물러 있었습니다. 나는 문에 숨어서 무크가 아버지의 배웅을 받으며 다시 나오는 것을 보았습니다. 그런데 아버지는 그와 헤어지면서 문 앞에서 그의 손을 잡고 여러 번 허리를 굽혀 공손하게 인사했습니다. 나는 기분이 별로 좋지 않아서 계속해서 숨어 있었습니다. 그런데 배고픈 것보다 차라리 맞고 혼나는 것이 나을 것 같아서 숨어 있던 곳에서 나와 고개를 숙인 채 아버지 앞으로 갔습니다. 아버지는 엄숙한 목소리로 말했습니다.

"들어 보니, 네가 착한 무크를 모욕했다는구나. 무크에 관한 이야기를 해 주마. 이야기를 듣고 나면, 무크를 더 이상 놀리지 못할 게다. 하지만 이야기를 듣기 전과 들은 후에 응당 치러야 할 일이 있다."

응당 치러야 할 일이란 다름 아니라 스물다섯 대의 매를 맞는 것이었습니다. 아버지는 기다란 담뱃대를 가지고 와서 호박으로 된 부리 부분을 떼어 내고는 어느 때보다 더 세게 나를 때렸습니다.

스물다섯 대를 때리고 나자, 아버지는 나에게 잘 들으라고 단단히 이르고는 난쟁이 무크에 관해서 말했습니다.

원래 이름이 무크라흐인 난쟁이 무크의 아버지는 니케아에서 존경받았지만 가난한 사람이었습니다. 그리고 지금의 자기 아들처럼 은둔하듯이 살았습니다. 그는 무크의 난쟁이 모습을 부끄럽게 여겼기 때문에 무크를 좋아하지 않았고, 그래서 무크를 남들 눈에 띄지 않게 숨기듯이 키웠습니다. 난쟁이 무크는 열여섯 살이 되어서도 아이마냥 웃고만 지냈는데, 그의 엄격한 아버지는 무크가 아직도 아이 태를 벗지 못하고 어리석고 멍청하다고 꾸짖기 일쑤였습니다.

그러던 어느 날 무크의 아버지가 사고로 죽게 되어, 난쟁이 무크는 가난하고 무지한 채 남겨졌습니다. 또 아버지는 친척들에게 많은 빚을 졌는데, 이 친척들은 불쌍한 무크를 집에서 쫓아내면서 세상에서 행운을 찾아 보라고 했습니다. 그러자 난쟁이 무크는 안 그래도 떠날 준비를 하고 있었으니까, 아버지 옷이나 달라고 부탁했습니다. 친척들은 무크의 부탁대로 아버지 옷을 주었습니다. 무크의 아버지는 크고 건장한 사람이었기 때문에, 이 옷은 무크에게 맞지 않았습니다. 하지만 무크는 이 옷을 어떻게 해야 하는지를 알고 있었습니다. 그는 옷의 긴 부분을 잘라서 옷을 입었지만, 옷의 폭을 줄이는 것은 몰랐습니다. 이렇게 해서 지금도 입고 입는 이상한 모양의 옷이 생기게 된 것입니다. 큰 터번, 넓은 허리띠, 통이 넓은 바지, 파란 외투 등 이 모든 것은 무크가 그때부터 입고 다니기 시작한 아버지의 유품이었습니다. 무크는 아버지의 긴 신월도를 허리춤에 꽂고, 지팡이를 손에 들고서 도시를 떠나기 위해 성문으로 향했습니다.

무크는 행운을 찾아 떠났기 때문에 즐거운 마음으로 온종일을 걸었습니다. 땅에서 무엇인가 반짝이는 것을 보면, 그것이 다이아몬드로 변할 것이라고 믿으면서 무크는 집어 들었습니다. 멀리에서 이슬람 사원의 둥근 지붕이 불처럼 번쩍이거나 호수가 거울처럼 빛나는 것을 보게 되면, 무크는 마법의 나라에 도착한 것으로 믿고 기쁨에 가득차서 그곳으로 달려갔습니다. 그런데 아! 가까이 갔을 때 이 모든 환상은 사라져 버리고, 밀려오는 피곤함과 꾸르륵 소리 나는 굶주림으로 자신이 아직 이 세상에 살고 있다는 것을 깨닫게 되었습니다. 그는 그렇게 굶주리고 곤궁한 상태로 이틀 동안 돌아다녔고, 행운 찾는 것을 거의 포기하게 되었습니다. 들판의 과일이 유일한 먹을거리였고, 딱딱한 땅이 그의 잠자리였습니다. 사흘째 되는 날 아침 무크는 한 언덕에서 도시를 바라보았습니다. 반달은 도시의 첨탑에서 밝게 빛나고 있었고, 화려한 깃발은 지붕에서 반짝거리며 난쟁이 무크에게 오라고 손짓하는 것 같았습니다. 무크는 놀란 표정으로 조용히 서서 도시와 그 주변을 살펴보았습니다.

"저기에서 난쟁이 무크는 행운을 잡게 될 거야. 바로 저곳에서 말이야."

무크는 이렇게 말하고는 피곤함을 무릅쓰고 힘찬 걸음을 내딛었습니다. 그는 있는 힘, 없는 힘을 다해서 도시로 향했습니다. 그 도시는 아주 가깝게 보였지만, 정오가 다 되어서야 겨우 도착할 수 있었습니다. 작은 팔다리가 무겁게 느껴져 제대로 움직이지 못해서, 무크는 야자수 그늘에서 자주 쉬어야 했기 때문이었습니다. 마침내 도시의 성문에 도착했습니다. 무크는 옷매무새를 가다듬고, 터번을 더 멋지게 감았으며 또한 허리띠를 더 넓게 두르고 긴 칼을 비스듬히 찼습니다. 그러고 나서 신발에서 먼지를 털고, 지팡이를 들고 당당하게 성문 안으로 들어갔습니다.

무크는 벌써 여러 거리를 돌아다녔지만, 아무도 문을 열어 주지 않았습니다. 생각했던 것과는 달리 "난쟁이 무크야, 들어와서 먹고 마시고, 네 짧은 다리도 쉬게 하거라" 하면서 무크를 불러 주는 곳은 단 한군데도 없었습니다.

무크가 동경하듯이 크고 멋진 집을 쳐다보고 있을 때, 창문이 열리면서 한 늙은 여자가 밖을 쳐다보고 노래 부르듯 외쳤습니다.

어서 오세요, 어서 오세요
죽이 다 됐어요,
식탁을 차렸으니
맛있게 드세요
이웃 여러분 어서 오세요
죽이 다 됐어요

그 집 문이 열렸고, 무크는 많은 개와 고양이들이 집으로 들어가는 것을 보았습니다. 그는 늙은 여자의 노래처럼 죽을 먹으러 들어갈까 망설이며 잠시 서 있었습니다. 그러다가 마음먹고 그 집으로 들어갔습니다. 그 앞에 고양이 두 마리가 가고 있었는데, 부엌의 위치를 더 잘 알고 있을 것 같아 무크는 그 고양이들을 따라가기로 했습니다.

계단을 올라가자 무크는 창문으로 밖을 내다보았던 그 늙은 여자와 마주쳤습니다. 그녀는 언짢은 듯 그를 쳐다보면서 뭘 원하는지 물었습니다. 무크는 대답했습니다.

"죽 먹으라고 초대하지 않았나요? 저도 배고파서 왔습니다."

노파는 웃으면서 물었습니다.

"어디에서 왔니? 참 별나구나, 내가 귀여운 고양이를 위해 죽을 끓이는 것은 이 도시 사람이면 다 아는데 말이야. 그리고 보다시피 다른 곳에 있는 고양이들도 와서 먹으라고 한 거야."

그 말을 듣고 무크는 아버지가 돌아가신 다음에 얼마나 힘들었는지를 노파에게 이야기하고, 오늘 밤 고양이들과 함께 죽을 먹게 해 달라고 부탁했습니다. 무크의 솔직한 이야기가 마음에 든 노파는 함께 식사하는 것을 허락했고, 또한 무크에게 먹고 마실 것을 넉넉하게 주었습니다. 무크가 배부르게 먹고 기운을 차리자, 노파는 그를 오랫동안 쳐다보고는 말했습니다.

"난쟁이 무크야, 우리 집에 있으면서 일해 보거라. 고생하지 않고 지낼 수 있을 거야."

고양이를 위해 만든 죽을 맛있게 먹은 무크는 노파의 제안에 동의했고, 그래서 노파 아하브지 부인의 하인이 되었습니다. 무크는 쉽지만 특별한 일을 맡았습니다. 아하브지 부인에게는 수고양이 두 마리와 암고양이 네 마리가 있었습니다. 무크는 이 고양이들을 아침마다 빗질해 주고 값비싼 향유를 발라 줘야 하며, 또 노파가 외출하면 고양이들을 돌봐 줘야 했습니다. 그리고 끼니때가 되면 밥을 먹이고, 밤에는 비단 방석에 고양이들을 눕혀서 빌로드 덮개로 덮어 주었습니다. 그 밖에 집에는 무크가 돌봐야 할 개도 몇 마리 있었지만, 아하브지 부인이 자식처럼 여기는 고양이처럼 번거롭게 할 일이 많지는 않았습니다. 부인 외에는 온종일 개와 고양이만 쳐다보았기 때문에, 아버지 집에 있을 때처럼 외로운 생활이었습니다. 무크는 얼마 동안 편안하게 잘 지냈습니다. 먹을 것은 언제든지 있었고, 할 일은 별로 없었으며 또 부인은 무크에게 아주 만족하는 것 같았습니다. 그런데 고양이들의 버릇이 점점 나빠졌습니다. 부인이 외출하면, 고양이들은 미친 듯이 온 방을 뛰어다니며 물건을 이리저리 던지고 자기들이 뛰는 데 방해가 되는 예쁜 그릇을 박살냈습니다. 그런데 부인이 계단으로 올라오는 소리만 들으면, 고양이들은 방석으로 조용히 기어가서는 아무 일도 없었다는 듯이 꼬리를 흔들면서 부인을 맞이했습니다. 난장판이 된 방을 본 부인은 벌컥 화를 내면서 모든 것을 무크의 탓으로 돌렸습니다. 무크는 자기가 한 일이 아니라고 맹세라도 하고 싶었지만, 부인은 무크보다 천진난만하게 보이는 고양이를 더 믿었습니다.

난쟁이 무크는 여기에서도 행운을 찾지 못했다고 생각되어 무척 슬펐습니다. 그래서 그는 아하브지 부인의 일을 그만두고 떠나기로 마음먹었습니다. 첫 번째 여행에서 돈 없이 지내는 것이 얼마나 힘든지를 경험했기 때문에, 무크는 부인이 주겠다고 약속만 하고 주지 않은 삯을 어떤 방법으로든 받아내기로 결심했습니다. 아하브지 부인 집에는 항상 잠겨 있고 그 안을 본 적이 없는 방이 하나 있었습니다. 그런데 무크는 부인이 그 안에서 시끄러운 소리를 내는 것을 들었습니다. 그래서 그는 종종 그곳에 무엇이 숨겨져 있는지 정말 알고 싶었습니다. 여비로 고민하던 차에 부인의 보물이 그곳에 숨겨져 있을지도 모른다는 생각이 들었습니다. 그렇지만 방문은 항상 굳게 잠겨 있어서 보물이 있다 하더라도 가져올 수가 없었습니다.

아하브지 부인이 외출한 어느 날이었습니다. 부인한테는 항상 구박받았지만 무크한테는 보살핌을 잘 받아서 무크를 잘 따르는 강아지가 있었습니다. 그 강아지가 무크의 통 넓은 바지를 잡아당기며 따라오라는 듯이 굴었습니다. 개들과 노는 것을 좋아하는 무크는 그 강아지를 따라갔습니다. 강아지는 무크를 아하브지 부인의 침실로 데려가서, 이전에 전혀 알지 못했던 작은 문 앞에 멈췄습니다. 그 문은 반쯤 열려 있었습니다. 강아지가 안으로 들어갔고, 무크는 그 뒤를 따랐습니다. 오래전부터 들어가고 싶었던 방에 들어가게 되자 무크는 정말 기뻤습니다. 돈이 있나 싶어서 온 방을 뒤졌으나 낡은 옷가지 외에는 아무것도 찾지 못했고, 기이하게 생긴 그릇들이 여기저기에 있었습니다. 그런데 한 그릇이 유난히 무크의 관심을 끌었습니다. 크리스털로 만들어진 그릇에는 아름다운 무늬가 그려져 있었습니다. 무크는 그 그릇을 들어 사방으로 돌려 보았습니다. 그런데 아뿔싸! 무크는 그릇 위에 살짝 얹혀 있던 뚜껑을 보지 못했던 것이었습니다. 그 뚜껑이 바닥으로 떨어져 산산조각이 났습니다.

깜짝 놀란 나머지 난쟁이 무크는 꼼짝도 못 하고 서 있었습니다. 이제 그의 운명은 결정되었습니다. 그는 도망칠 수밖에 없었습니다. 그렇지 않으면 늙은 부인이 그를 때려 죽일 것입니다. 이렇게 해서 그의 여행은 결정되었고, 부인의 물건 가운데 여행에 쓸 만한 것이 있는지 둘러보았습니다. 그때 엄청나게 큰 슬리퍼가 눈에 띄었습니다. 그 슬리퍼는 예쁘지는 않았지만, 무크의 슬리퍼는 여행하기에 너무 낡았습니다. 그리고 그 슬리퍼의 크기가 무크의 마음에 들었습니다. 이 큰 슬리퍼를 신게 되면, 사람들이 무크가 마침내 아이 태를 벗었다고 할 테니까 말입니다. 무크는 재빨리 자기 신발을 벗고는 큰 슬리퍼를 신었습니다. 사자머리가 멋있게 조각되어 있는 지팡이가 쓸모없는 물건처럼 구석에 세워져 있어서, 무크는 이것도 들고 서둘러 방에서 나왔습니다. 그러고는 잽싸게 자기 방으로 가서는 외투를 입고 터번을 쓰고 또 칼을 허리춤에 꽂고는 걸음아 날 살려라 하고 도망쳤습니다. 노파에 대한 두려움 때문에 무크는 지쳐서 더 이상 달릴 수 없을 때까지 계속해서 달렸습니다. 무크는 태어나서 그렇게 빨리 뛰어 본 적이 없었는데, 달리는 것을 멈출 수도 없을 것 같았습니다. 마치 보이지 않는 힘이 그를 계속 달리게 하는 것 같았습니다. 그는 이것이 슬리퍼와 관계있다는 것을 알게 되었습니다. 슬리퍼가 앞으로 간 다음에 무크를 끌어당긴 것이었습니다. 무크는 온갖 방법을 다해 멈추려고 애를 썼지만, 잘 되지 않았습니다. 너무 다급한 나머지 무크는 말에게 하듯이 자신에게 "워, 워, 워, 멈춰"라고 말했습니다. 그러자 슬리퍼는 멈추었고, 무크는 기진맥진해서 땅바닥에 쓰러졌습니다.

무크는 슬리퍼 때문에 너무 기뻤습니다. 행운을 찾아 떠난 자기를 도와줄 무엇인가를 일의 대가로 받았기 때문이었습니다. 기쁘기는 했지만 너무 피곤한 나머지 무크는 잠들었습니다. 작은 몸집에 그렇게 무거운 머리를 갖고 뛰었으니 피곤한 것은 당연한 일이었겠죠. 아하브지 부인의 집에서 슬리퍼를 갖도록 도와준 강아지가 꿈속에 나타나서 말했습니다.

"사랑하는 무크, 너는 슬리퍼의 쓰임새를 아직 잘 모르고 있어. 잘 들어 둬, 뒤꿈치로 서서 세 바퀴 돌면 가고 싶은 곳을 갈 수 있어. 지팡이로는 보물을 찾을 수 있어. 그 지팡이는 금이 묻힌 곳에서 세 번, 은이 있는 곳에서는 두 번 땅을 두드릴 거야."

꿈에서 깨어난 무크는 기이한 꿈에 대해 곰곰이 생각해 보았고, 당장 시험해 보기로 결심했습니다. 그는 슬리퍼를 신고, 한 발을 들고 뒤꿈치로 돌기 시작했습니다. 큼직한 슬리퍼를 신고 이런 곡예를 세 번 연속 해 본 적 있는 사람이라면, 난쟁이 무크가 이것을 단번에 못 했다고 해서 이상하게 생각하지는 않을 것입니다. 특히 무크가 무거운 머리 때문에 이쪽저쪽으로 비틀거리는 것을 생각한다면 말입니다.

불쌍한 무크는 여러 번 코를 땅에 찧었지만, 끄떡도 하지 않고 계속해서 시도했습니다. 그리고 마침내 성공했습니다. 그는 바퀴처럼 뒤꿈치로 돌면서, 가장 가까운 곳에 있는 큰 도시로 가고 싶다고 했습니다. 그러자 슬리퍼는 하늘로 치솟았고 바람처럼 빠른 속도로 구름을 지나 날아갔습니다. 무슨 일인지 생각하기도 전에, 난쟁이 무크는 상점이 늘어서 있고 많은 사람들이 이리저리 바쁘게 움직이는 커다란 시장에 와 있었습니다. 무크는 사람들 사이로 이리저리 돌아다녔습니다. 그런데 한적한 거리로 가는 것이 현명하다는 것을 바로 깨달았습니다. 사람들이 그의 슬리퍼를 밟아서 넘어질 뻔하기도 하고, 또 길게 삐져나온 칼로 이 사람 저 사람을 찌르는 통에 맞을 뻔한 적도 여러 번 있었기 때문이었습니다.

난쟁이 무크는 돈을 벌려면 무엇을 해야 할지 진지하게 생각했습니다. 숨겨진 보물을 알려 주는 막대기를 갖고 있기는 하지만, 금이나 은이 묻힌 곳을 어디에서 찾아야 하는가? 급하면 자신을 구경거리로 만들어서 돈을 벌 수도 있었지만, 그러기에는 자존심이 허락되지 않았습니다. 자신이 빨리 달릴 수 있다는 것이 번뜩 생각났습니다. "어쩌면 슬리퍼로 생활비를 벌 수 있을 것 같아"라고 생각한 무크는 심부름꾼으로 일할 결심을 했습니다. 이 도시의 왕이 그런 일에 보수를 가장 잘 줄 것 같아서, 무크는 궁전을 찾아 나섰습니다. 성문 아래에 보초가 서 있었는데, 무슨 일이냐고 무크에게 물었습니다. 일거리를 찾는다는 무크의 대답을 듣고, 보초는 노예 감독관을 찾아가라고 말해 주었습니다. 감독관은 무크를 머리부터 발끝까지 쳐다보고는 말했습니다.

"뭐라고! 한 뼘도 안 되는 발로 왕의 심부름꾼이 되겠다고? 당장 나가! 바보 같은 놈과 장난칠 시간 없어!"

난쟁이 무크는 이 일을 하겠다고 하는 것이 장난이 아니니까, 가장 빠른 사람과 경주를 시켜 달라고 말했습니다. 이 일이 감독관에게는 재미있게 생각되었습니다. 그래서 그는 무크에게 저녁때까지 경주 준비를 하라고 명령하고, 부엌으로 데리고 가서는 먹을 것과 마실 것을 주었습니다.

감독관 자신은 왕에게 가서 난쟁이 무크와 무크의 제안에 관해서 말했습니다. 왕은 장난을 좋아하는 사람이었고, 감독관이 재미로 난쟁이 무크를 데리고 있는 것이 흥미롭게 생각되었습니다. 그래서 왕은 궁에 있는 모든 사람들이 경주를 편안하게 볼 수 있도록 성 뒤의 큰 들판에 장소를 마련하라고 명령했습니다. 또한 난쟁이를 잘 보살펴 주라고 일렀습니다. 왕은 왕자와 공주에게 오늘 밤에 있을 구경거리에 대해 이야기했고, 왕자와 공주는 신하들에게 이 말을 전했습니다. 이윽고 밤이 되자, 사람들은 긴장과 기대에 차 있었습니다. 사람뿐만 아니라 발이 달린 것은 모두 허풍장이 난쟁이가 뛰는 것을 보기 위해 경주가 준비된 들판으로 몰려들었습니다.

왕, 왕자 그리고 공주가 관람석에 자리를 잡자, 난쟁이 무크는 들판으로 나와서 왕족에게 귀여운 인사를 올렸습니다. 난쟁이를 보게 되자 사람들은 환호성을 질렀습니다. 그런 모습을 본 적이 없었기 때문이었습니다. 커다란 머리에 작은 몸집, 웃옷과 통 넓은 바지, 넓은 허리띠에 긴 칼, 큰 슬리퍼에 작은 발. 이 모습은 너무 우스꽝스러워서 사람들은 웃지 않을 수가 없었습니다. 그렇지만 무크는 웃음 소리에 당황하지 않고, 당당한 모습으로 지팡이를 짚고서 상대방을 기다렸습니다. 노예 감독관은 무크의 소원대로 가장 빠른 사람을 구했습니다. 경주 상대자가 나와서 무크 옆에 섰고, 이 둘은 출발 신호를 기다렸습니다. 아마르자 공주가 예정된 대로 베일로 신호를 보내자, 이 두 사람은 목표를 향해 화살처럼 들판으로 달려갔습니다.

처음에는 무크의 상대자가 훨씬 앞서 갔지만, 무크는 슬리퍼로 그를 좇아가서 따라잡았습니다. 그리고 상대방이 숨을 헐떡이면서 목표 지점을 향해 달릴 때, 무크는 이미 결승점에 도착했습니다. 경탄과 놀라움이 잠시 동안 관객들을 사로잡았고, 왕이 박수를 칠 때야 비로소 사람들은 환호성을 지르고 소리쳤습니다.

"승리자, 난쟁이 무크 만세!"

그러는 사이에 난쟁이 무크는 왕에게 불려 가서, 왕 앞에 엎드리며 말했습니다.

"위대하신 왕이시여, 조금 전에 제 기술의 일부분만 보여 드렸습니다. 저에게 당신의 심부름꾼 가운데 한 자리를 허락하여 주시옵소서."

그러자 왕이 대답했습니다.

"아니다, 무크야! 너는 내 전령이 되어서 내 곁에 있어야겠다. 수고비로 일 년에 금화 백 냥을 너에게 주겠고, 너는 일급 신하들의 식탁에서 식사할 것이다."

그렇게 오랫동안 찾았던 행운을 마침내 손에 쥐었다고 믿은 무크는 기뻤고 마음속의 걱정을 덜었습니다. 중요하고 은밀한 일을 가장 정확하고 빠르게 처리하는 무크가 필요했기 때문에, 무크는 왕의 특별한 총애를 받았습니다.

하지만 왕의 다른 신하들은 무크에게 전혀 호의를 갖지 않았습니다. 그들은 빨리 달리는 일 이외에는 아무것도 모르는 난쟁이 때문에 왕의 총애를 빼앗겼다고 생각했기 때문이었습니다. 그래서 그들은 무크를 몰아내기 위해 여러 음모를 꾸몄습니다. 그러나 그 음모들은 왕이 최고 전령관(무크는 이 명예를 짧은 시간에 얻었습니다) 무크에게 보여 준 신뢰 때문에 모두 실패했습니다.

이러한 반대 움직임을 모르지 않았지만 무크는 복수를 생각하지 않았습니다. 그렇게 하기에 무크의 마음은 너무

착했습니다. 아니, 무크는 적에게 필요하게 되고 사랑받는 방법을 생각했습니다. 이때 행운 속에서 잊고 있었던 막대기가 떠올랐습니다. 보물을 찾는다면, 다른 신하들이 자기를 더 부드럽게 대할 것이라고 무크는 생각했습니다. 왕의 아버지가 적의 침입을 받았을 때 많은 보물을 숨겨 놓았고, 또한 왕에게 그 비밀을 알려 주지 않고 죽었다는 이야기를 무크는 종종 들었습니다. 이제부터 무크는 죽은 왕의 금이 묻힌 곳을 우연히 지나기를 바라는 마음으로 막대기를 항상 가지고 다녔습니다. 어느 날 밤 무크는 인적이 드문 외진 정원을 우연히 가게 되었습니다. 그런데 손에 있는 막대기가 갑자기 움직이더니 땅을 세 번 쳤습니다. 그래서 무크는 칼을 꺼내 주변에 있는 나무에 표시하고는 성으로 조용히 돌아갔습니다. 성에서 삽을 하나 구하고 난 후에 밤이 오기를 기다렸습니다.

그런데 보물을 찾고 캐내는 일은 무크가 생각했던 것보다 힘들었습니다. 그의 팔은 약한데, 삽은 크고 무거웠습니다. 두 시간가량 일해서 육십 내지 칠십 센티미터가량 팠을까, 갑자기 삽이 철소리를 내는 무엇인가에 닿았습니다. 무크는 다시 부지런히 땅을 팠고, 얼마 안 있어 쇠로 된 거대한 뚜껑을 발견하게 되었습니다. 뚜껑 아래 무엇이 있는지 알아보기 위해 구덩이로 내려갔고, 금화로 가득한 커다란 항아리를 보게 되었습니다. 항아리를 들어 올리기에는 무크의 힘이 부족했습니다. 그래서 무크는 가져갈 수 있는 만큼 금화를 바지와 허리띠에 넣었고, 윗옷도 금화로 가득 채웠습니다. 그리고 남은 것은 뚜껑으로 덮어 두었습니다. 슬리퍼를 신고 있지 않았더라면, 무크는 꼼짝도 못했을 정도로 금화의 무게가 그를 눌렀습니다. 무크는 아무도 모르게 방으로 돌아와서 금화를 소파의 방석 아래에 감췄습니다.

그 많은 금화를 갖게 되자, 무크는 상황이 달라질 것이라고 믿었습니다. 자신을 싫어하는 적들이 이제는 자신을 후원하고 따를 것이라고 생각했던 것이었습니다. 이것으로 우리는 착한 무크가 교육을 제대로 받지 못했다는 것을 알 수 있었습니다. 그렇지 않았더라면, 무크는 금으로 친구를 얻을 수 있다고 착각하지 않았을 테니까요. 아! 그때 무크는 슬리퍼를 신고 옷에 가득한 금을 가지고 도망쳤어야 했는데!

난쟁이 무크가 한 움큼씩 나누어 준 금화는 다른 신하들의 시기심을 불러일으켰습니다. 주방장 아훌리는 말했습니다.

"그 금화는 가짜일 거야."

노예 감독관 아흐메트는 또 말했습니다.

"왕을 구슬러서 얻어 낸 금화일 거야."

그런데 무크를 가장 싫어하는 사람인 재무장관 아르하즈는 때때로 왕의 금고에 손을 대는 주제에 말했습니다.

"그 금화는 훔친 거야."

이런 생각으로 가득 찬 그들은 무크에 관한 일을 확실하게 하기로 약속했습니다. 어느 날 술 따르는 신하인 코르후즈는 슬프고 실망한 모습으로 왕 앞에 나타났습니다. 어디 안 좋은 데가 있냐고 왕이 물어볼 정도로 코르후즈는 슬픈 행동을 보였습니다. 그러자 코르후즈는 말했습니다

"아, 저는 왕의 총애를 잃었습니다."

그러자 왕이 대답했습니다.

"무슨 소리를 하는 거냐? 내가 언제 내 총애의 빛을 네게

비추지 않았더냐?"

이에 술 따르는 신하는 왕이 최고 전령관에게는 금을 주고, 불쌍하고 충성스러운 자기에게는 아무것도 주지 않는다고 대답했습니다.

왕은 이 이야기를 듣고 깜짝 놀라서 난쟁이 무크가 금화를 나누어 준 이야기를 하도록 했습니다. 음모를 꾸민 신하들은 무크가 보물 창고에서 돈을 훔쳤다는 의심을 어떤 방식으로든 왕이 갖도록 했습니다. 이렇게 변화된 상황은 안 그래도 출납장부 제출을 꺼려 했던 재무장관에게도 유리하게 되었습니다. 그래서 왕은 무크를 가능한 한 현장에서 잡을 수 있도록 무크의 행동 하나하나를 은밀하게 살피라고 명령했습니다. 난쟁이 무크는 불행이 닥치는 날 밤 금화를 아낌없이 나누어 준 까닭에 남은 것이 하나도 없다는 것을 알게 되었습니다. 그래서 자신의 보물 상자에 남겨 둔 금화를 가지러 삽을 들고 성의 정원으로 살금살금 갔습니다. 주방장 아훌리와 재무장관의 지휘하에 경비병들이 멀리에서 이런 무크의 뒤를 밟았습니다. 무크가 금화를 항아리에서 꺼내고 윗옷에 넣으려는 순간에, 그들은 무크를 덮쳐 포박해서 바로 왕 앞으로 끌고 갔습니다. 느닷없이 잠에서 깨어 언짢아진 왕은 최고 전령관 무크를 아주 못마땅하게 여겨서 바로 심문하기 시작했습니다. 사람들은 항아리를 땅에서 완전히 꺼내었고, 무크의 삽과 금이 가득한 윗옷을 왕의 발 앞에 갖다 놓았습니다. 무크가 금화가 든 이 항아리를 땅에 묻으려는 순간에 경비병과 함께 무크를 덮쳤다고 재무장관은 진술했습니다.

이 진술을 들은 왕은 이것이 사실이냐고 또 숨기려고 한 금화는 어디에서 났냐고 붙잡혀 온 무크에게 물었습니다.

결백하다고 생각한 난쟁이 무크는 이 항아리를 정원에서 발견했으며, 이 항아리를 파묻으려고 한 것이 아니라 파내려고 했다고 진술했습니다.

함께 있던 사람들은 이런 변명을 듣고 모두 웃음을 터뜨렸지만, 왕은 무크의 뻔뻔스러움에 대한 노여움으로 소리쳤습니다.

"이 비열한 놈아! 금화를 훔치더니 이제는 네 왕을 바보로 취급하고 모욕까지 하려느냐? 재무장관 아르하즈! 이 금화가 내 금고에서 없어진 금화 액수와 같은지 말해 보거라."

재무장관은 이 일에 대해서 잘 아는데, 얼마 전부터 이 정도의 금화뿐 아니라 더 많은 금화가 왕의 창고에서 없어졌으며, 이 금화가 훔친 것이라고 맹세할 수 있다고 말했습니다.

이 말을 듣고 왕은 난쟁이 무크를 사슬에 단단히 묶어서 탑으로 끌고 가라고 명령하고, 재무장관에게는 금화를 건네주며 보물함에 다시 갖다 놓으라고 말했습니다. 재무장관은 일이 생각대로 풀려서 만족스러운 마음으로 집에 돌아갔습니다. 그런데 이 못된 장관은 반짝이는 금화를 세었지만, 항아리 밑에 쪽지가 있었다는 것은 알리지 않았습니다. 그 쪽지에는 이런 내용이 적혀 있었습니다.

"적이 이 나라를 침입해서, 이곳에 내 보물 일부분을 감춘다. 이 보물을 발견하고 내 아들에게 바로 알리지 않는 사람에게 왕의 저주가 있을 것이다—사디 왕."

감옥에 갇힌 난쟁이 무크는 슬픔에 잠겼습니다. 왕의 물건을 훔칠 경우 사형에 처해진다는 것을 알고 있었습니다. 그렇지만 그는 막대기와 슬리퍼를 뺏길 것이 두려워서 막대기에 대한 비밀을 왕에게 털어놓을 수 없었습니다. 아무리 해도 뒤꿈치로 몸을 돌릴 수 없었기 때문에, 그의 슬리퍼도 안타깝게 아무 도움이 되지 못했습니다. 다음 날 아침 사형이 통보되자, 무크는 마법 막대기를 갖고 죽는 것보다 이것을 포기하고 사는 것이 더 낫다고 생각했습니다. 그래서 왕을 단독으로 뵙고 싶다고 알렸고, 왕의 승낙을 받아 만난 자리에서 비밀을 털어놓았습니다. 왕은 처음에는 무크의 말을 믿지 않았습니다. 그러자 죽이지만 않는다고 약속하면, 무크는 시범을 보여 드리겠다고 말했습니다. 왕은 무크의 제안에 동의하고, 무크 모르게 금화 몇 개를 땅에 파묻고는 막대기를 가지고 찾아 보라고 명령했습니다. 막대기가 분명히 땅을 세 번 두드렸기 때문에 무크는 금방 금화를 찾았습니다. 그러자 재무장관이 자신을 속인 것을 알게 된 왕은 동방의 관례대로 재무장관이 스스로 목 매도록 비단 줄을 보냈습니다. 그리고 왕은 난쟁이 무크에게 말했습니다.

"내가 네 목숨을 살려 준다고 약속했지만, 너는 막대기와 관련된 비밀만 갖고 있는 것 같지는 않다. 그래서 네가 빨리 뛰는 것과 관련된 일을 자백하지 않으면, 영원히 감옥에 가두어 두겠다."

탑에서 하루밖에 묵지 않았는데도 거기에 더 묵을 마음이 전혀 없던 무크는 빨리 달리는 기술은 슬리퍼 때문이라고 고백했습니다. 그렇지만 뒤꿈치를 대고 세 바퀴 도는 비밀은 왕에게 말하지 않았습니다. 왕은 시험해 보기 위해서 슬리퍼를 신고, 미친 듯이 정원을 뛰어다녔습니다. 그는 종종 멈추려고 했지만, 슬리퍼를 멈추게 하는 법을 몰랐습니다. 무크는 이 기회에 작은 복수를 할 마음으로 왕이 기절할 때까지 뛰게 놔두었습니다.

다시 제정신을 찾자, 왕은 거의 숨이 넘어갈 정도로 자신을 뛰게 한 무크에게 무척 화를 냈습니다.

"네게 자유와 목숨을 주겠다고 약속했다. 하지만 너는 열두 시간 내에 내 나라를 떠나야만 한다. 그렇지 않으면 너를 목매달도록 할 것이다."

이 말을 마치고 왕은 슬리퍼와 막대기를 보물 상자에 갖다 놓도록 했습니다.

난쟁이 무크는 궁에서 중요한 역할을 할 수 있을 것이라고 착각했던 자신의 우둔함을 저주하면서 불쌍하게 길을 떠났습니다. 쫓겨난 나라가 다행히 크지 않아서 여덟 시간 뒤에 국경에 도착했습니다. 물론 편리한 슬리퍼에 익숙해 있어서 걷는 것이 몹시 괴롭기는 했지만 말입니다.

국경을 넘자, 무크는 울창한 숲의 외진 곳에서 혼자 살려는 마음으로 사람들이 다니는 길에서 벗어났습니다. 사람들이 싫어졌던 것이었습니다. 그는 결심한 바를 실천하기에 적당하다고 생각되는 장소를 울창한 숲에서 찾았습니다. 커다란 무화과나무로 둘러싸인 맑은 개울과 부드러운 풀밭이 무크를 유혹했습니다. 무크는 아무것도 먹지 않고 죽음을 기다리겠다는 결심으로 그 자리에 누웠고, 죽음을 생각하면서 잠들었습니다. 그런데 다시 깨어서 허기로 고통스러워지자, 무크는 굶어 죽는 것이 두려워 먹을 것이 없나 주변을 둘러보았습니다.

무크가 그늘 삼아 잠들었던 무화과나무에는 맛있게 익은 열매가 달려 있었습니다. 무크는 그 나무에 올라가서 무화과 몇 개를 따서 아주 맛있게 먹었습니다. 그러고는 갈증을 없애려고 개울로 갔습니다. 그런데 엄청나게 큰 귀와 긴 코가 달린 머리를 물에서 보고 무크는 얼마나 놀랐는지 모릅니다. 놀라고 당황스러워서 무크는 손으로 귀를 더듬어 보았는데, 귀가 정말로 삼십 센티미터가 넘게 길어져 있었습니다.

무크는 소리 질렀습니다.

"이런 당나귀 귀를 받아도 당연해! 찾아온 행운을 당나귀마냥 내 스스로 밟아 버렸으니까."

그러고는 나무 아래에서 이리저리 돌아다녔고, 다시 허기를 느끼자 달리 먹을 만한 것이 없었기 때문에 무화과를 따 먹어야 했습니다. 무화과를 두 번째 먹을 때, 커져 버린 귀가 큰 터번 아래에서 자리를 제대로 잡지 못해서 자신이 우스꽝스럽게 보이지 않을까 생각되었습니다. 바로 그때 무크는 귀가 사라져 버렸다고 느꼈습니다. 이것을 확인하기 위해서 무크는 개울로 당장 달려갔습니다. 정말 그렇게 되었습니다. 그의 귀는 옛날 모습을 되찾았고, 길고 흉한 코도 더 이상 볼 수 없었습니다. 그리고 어떻게 된 일인지 알았습니다. 처음 먹은 무화과 때문에 무크는 큰 코와 귀를 얻게 되었고, 다시 먹은 무화과 덕분에 그는 제 모습을 찾을 수 있었습니다. 무크는 행복하게 되는데 도움이 되는 재주를 다시 갖게 되어서 무척 기뻤습니다. 그리고 가져갈 수 있는 만큼 무화과를 따서는 얼마 전에 떠나왔던 나라로 돌아갔습니다. 그는 첫 번째 도착한 도시에서 변장을 마친 후에, 왕이 사는 도시를 향해 길을 떠났고, 얼마 안 있어 그 도시에 도착했습니다.

마침 잘 익은 무화과가 매우 귀한 계절이었습니다. 주방장이 왕의 식탁을 마련하기 위해 귀한 음식을 구입하는 곳이 궁전 문이라는 것을 이전부터 잘 알고 있었기 때문에, 무크는 궁전 문 아래에 자리를 잡았습니다. 오래 기다리지 않아서 주방장이 정원을 가로질러 오는 것이 보였습니다. 궁전 문 앞에 자리 잡은 상인들의 물건을 꼼꼼히 살피던 주방장의 눈길은 무크의 바구니로 향했습니다.

"아! 귀한 것이 있네, 왕께서 정말 좋아하실 거야! 바구니 전부 해서 얼마요?"

무크가 적당한 가격을 불렀기 때문에 거래는 금방 성사되었습니다. 주방장은 노예에게 바구니를 건네주고 장을 계속 보았습니다. 무크는 그 기이한 일이 궁전 사람들의 머리에 벌어지게 되면, 그 과일을 판 자기를 찾아서 벌줄 것이라 생각했기 때문에 서둘러 그 자리를 떠났습니다.

왕은 식사하는 중에 기분이 좋아서, 훌륭한 요리와 자신을 위해 귀한 음식을 준비하는 주방장의 배려에 대해서 칭찬을 아끼지 않았습니다. 아주 맛있는 과일을 아직 내놓지 않은 주방장은 공주들이 더 맛있는 것이 있나 궁금하게 하도록 왕의 칭찬에 웃으면서 슬쩍 몇 마디 했습니다.

"오늘 밤 식사는 아직 끝난 것이 아닙니다. 끝이 좋으면 다 좋은 법입니다."

그가 먹음직한 무화과를 내놓자, 참석한 사람들의 입에서 동시에 아! 하는 탄성이 쏟아졌습니다. 그리고 왕은 말했습니다.

"얼마나 맛있게 잘 익었는지! 주방장, 자네는 정말 좋은 사람이야. 우리 모두의 총애를 받을 만한 사람일세."

이렇게 맛있는 음식을 매우 아끼는 왕은 자신의 손으로 직접 무화과를 나누어 주었습니다. 왕자와 공주에게는 두 개, 궁녀와 대신 그리고 장군에게는 각각 무화과를 한 개씩 주었고, 나머지는 모두 자기 앞에 두고 아주 맛있게 먹기 시작했습니다.

그런데 아마르자 공주가 갑자기 소리쳤습니다.

"세상에, 아버님 얼굴이 이상해졌어요!"

모두 놀래서 왕을 쳐다보았는데, 엄청나게 큰 귀가 왕에게 달려 있었고 긴 코가 턱 위로 걸쳐 있었습니다. 그리고 모두들 놀라움과 두려움으로 서로 쳐다보았습니다. 모두 기이하게 생긴 머리 모습을 하고 있었던 것이었습니다.

온 성이 이 사건에 대한 두려움으로 발칵 뒤집어졌습니다. 이 도시의 의사들이 불려 왔고, 많은 의사들이 방문해서 알약과 물약을 처방해 주었습니다. 그런데 귀와 코는 기이한 모습 그대로였습니다. 한 왕자의 귀는 수술 받았지만, 그 귀는 다시 자랐습니다.

무크는 몰래 숨어 있던 곳에서 이 모든 이야기를 듣고, 이제 행동할 때가 되었다고 판단했습니다. 그전에 무크는 무화과를 팔아서 번 돈으로 옷을 사두었는데, 그 옷을 입고 의사로 변장했습니다. 염소 털로 된 긴 수염 덕분에 변장은 완벽했습니다. 무크는 한 자루 가득 무화과를 들고 왕의 궁궐로 갔습니다. 그리고 외국에서 온 의사라고 자신을 소개하면서 도와주겠다고 제안했습니다. 모두들 처음에는 무크를 믿지 않는 기색이었습니다. 그렇지만 무크가 준 무화과를 먹은 한 왕자의 귀와 코가 정상적인 모습으로 돌아가자, 모두 이 외국인 의사에게 치료받으려고 했습니다. 이때 왕은 아무 말 없이 손을 잡고 무크를 자기 방으로 데리고 갔습니다. 왕은 보물이 있는 방의 문을 열고는 무크에게 따라오라고 손짓하며 말했습니다.

"이것이 내 보물인데, 이런 치욕스러운 재앙에서 벗어나게만 해 준다면 무엇이든 당신에게 주겠소."

그 말은 무크의 귀에는 달콤한 음악과도 같았습니다. 방에 들어서자마자 바닥에 있는 슬리퍼가 눈에 들어왔고, 그 옆에 있는 막대기도 보였습니다. 그는 왕의 보물을 보고 감탄하는 것처럼 하면서 방을 돌아다녔습니다. 그러다가 슬리퍼가 있는 곳에 이르렀을 때, 무크는 재빨리 슬리퍼를 신고 막대기를 잡았습니다. 그러고는 가짜 수염을 떼어 내고 어안이 벙벙해 있는 왕에게 자신의 얼굴을 보여 주면서 말했습니다.

"진실하게 일하는 신하를 부당하게 취급한 왕은 지금과

같은 추악한 모습으로 벌을 받아 마땅합니다. 당신이 난쟁이 무크를 매일 생각하도록, 그 귀를 그대로 두겠습니다."

그렇게 말하고는 무크는 뒤꿈치를 대고 세 바퀴 돌면서 먼 곳으로 가기를 소원했습니다. 왕이 도와 달라고 소리치기도 전에, 무크는 벌써 날아가 버렸습니다. 그 이후부터 난쟁이 무크는 부유하지만, 사람들을 경멸하기 때문에 외롭게 살고 있습니다. 그는 많은 경험을 통해서 현명한 사람이 되었습니다. 그는 외모 때문에 눈에 띄기는 하지만, 조롱보다는 존경을 받는 사람이 된 것입니다.

아버지는 무크에 관해서 이렇게 말했고, 나는 착한 난쟁이 무크에게 무례하게 대한 것을 후회한다고 했습니다. 그러자 아버지는 때리기로 한 남은 매를 면해 주었습니다. 나는 친구들에게 기가 막힌 무크의 운명에 관해서 이야기해 주었습니다. 우리는 무크를 좋아하게 되어서 어느 누구도 그를 놀리지 않았습니다. 오히려 무크가 살아 있는 동안에 그를 존경했고, 재판관과 성직자에게 하듯이 무크에게 공손하게 인사했습니다.

~~~~~

여행자들은 이 카라반 숙소에서 하루를 쉬기로 결정했습니다. 여행자와 동물 모두 앞으로의 여행을 위해서 쉬어야 했기 때문이었습니다. 어제의 유쾌한 분위기는 이 날에도 계속되었고, 그들은 온갖 놀이로 흥겨워했습니다. 식사를 마친 후에 사람들은 다섯 번째 상인, 알리 시자흐에게 다른 사람들처럼 이야기하지 않겠냐고 물었습니다. 그러자 알리 시자흐는 여기에서 이야기를 할 만큼 특별한 것이 자기 인생에는 없기 때문에 다른 것을 이야기하고 싶다고 했습니다. 그 이야기는 가짜 왕자에 관한 동화였습니다.
~~~~~

가짜 왕자에 관한 동화

옛날에 라바칸이라고 하는 성실한 재단사가 살았습니다. 그는 알렉산드리아〔알렉산드로스 대왕이 세운 지중해에 면한 이집트의 항구 도시. 그러나 원문에는 이탈리아 서북부 도시명인 알레산드리아 Alessandria로 적혀 있는데, 문맥상 알렉산드리아가 적절하다고 판단된다—옮긴이〕의 솜씨 좋은 주인에게서 재단 일을 배우고 있었습니다. 라바칸이 바느질을 못 한다고 말할 수 없고, 그와는 반대로 바느질을 정말로 꼼꼼하게 잘 했습니다. 그가 게으르다고 말한다면, 그것 역시 맞는 말은 아니었습니다. 그런데 라바칸에게는 이상한 습관이 있었습니다. 그는 종종 손에 있는 바늘이 타고 실에서 연기가 날 정도로 몇 시간이고 바느질을 합니다. 그러고 나면 다른 사람과 달리 한 작품이 만들어집니다. 유감스럽게도 자주 있는 일인데, 그는 깊은 생각에 잠겨서 시선을 멈추고 멍하게 쳐다보면서 앉아 있는 것이었습니다. 이때 얼굴과 태도에서 라바칸 특유의 무엇인가가 나타나면, 주인과 동료 재단사들이 이렇게 말할 수밖에 없었습니다.

"라바칸이 또 고상한 표정을 짓고 있네."

다른 사람들은 금요일에 기도를 마치고 편안하게 일터로 돌아가는데, 라바칸은 공들여서 만든 멋있는 옷을 입고 사원에서 나와 천천히 그리고 거만한 걸음으로 도시의 광장과 거리를 거닐었습니다. 동료 가운데 한 명이 "자네 잘 지내나?" 아니면 "라바칸, 어떻게 지내?"라고 물으면, 라바칸은 자비를 베풀듯이 손을 흔들거나 혹은 경우에 따라서는 머리를 고상하게 끄덕였습니다. 주인이 재미로 라바칸에게 "자네, 왕자였던 것 같아"라고 말하면, 그는 기뻐하면서 대답했습니다. "알고 계셨군요." 아니면 "오래전부터 그렇게 생각하고 있었어요."

이 성실한 재단사 라바칸은 오랫동안 이런 행동을 보였지만, 주인은 그의 이런 태도를 받아 주었습니다. 라바칸은 보통 때에는 좋은 사람이고 또한 훌륭한 재단사였기 때문이었습니다. 어느 날 마침 알렉산드리아를 지나던 술탄의 동생 셀림이 몇 군데를 수선하기 위해서 라바칸의 주인에게 예복을 보냈습니다. 그리고 주인은 그 예복을 바느질이 꼼꼼한 라바칸에게 맡겼습니다. 밤이 되자 주인과 다른 재단사들은 피로를 풀고 푹 쉬기 위해서 집으로 갔습니다. 하지만 거부할 수 없는 동경 때문에 라바칸은 왕의 예복이 있는 일터로 돌아갔습니다. 그는 빛나는 자수 그리고 벨로드와 비단의 화려한 색상에 경탄해 마지않으면서 옷 앞에서 생각에 잠긴 채 오랫동안 서 있었습니다. 그는 어쩔 수가 없었습니다. 그 옷을 입어 봐야만 했습니다. 그런데 그 예복은 라바칸을 위해 만들어진 것처럼 아주 잘 맞았습니다. 방을 왔다 갔다 하면서 그는 자신에게 물었습니다.

"이제 왕자 같지 않아? 주인도 내가 왕자로 태어난 것 같다고 말했잖아?"

라바칸은 예복과 함께 왕이라는 생각도 함께 갖게 되어서, 자신이 알려지지 않은 나라의 왕자라고 생각할 수밖에 없었습니다. 그렇게 생각한 라바칸은 천한 신분에 가려서 자신의 타고난 지위를 알아주지 않는 이곳을 떠나기로 결심했습니다. 화려한 옷은 착한 요정이 보내 준 것으로 여기고, 라바칸은 그 값비싼 선물을 거절하지 않기로 했습니다. 그렇게 그는 얼마 안 되는 돈을 들고 어두운 밤을 틈타 알렉산드리아의 성문을 떠났습니다.

이렇게 태어난 새로운 왕자가 가는 곳마다, 사람들은 그 모습을 보고 의아해했습니다. 화려한 옷과 왕과 같은 근엄한 태도를 지닌 사람이 걸어 다니는 것이 이상하게 생각되었기 때문이었습니다. 왜 그러냐고 물어보면, 라바칸은 신비한 표정을 짓고는 그럴 만한 이유가 있다고 대답했습니다. 하지만 걸어 다니는 모습 때문에 사람들에게 웃음거리가 되고 있다는 것을 알고, 라바칸은 싼 값에 늙은 말 한 마리를 구했습니다. 이 늙은 말은 차분하고 유순해서 라바칸을 당황시키지 않아서 아주 적당했습니다. 이 늙은 말 덕분에 라바칸은 사실은 그렇지 않은데 말을 잘 타는 사람처럼 보였습니다.

어느 날 라바칸이 마르바라고 이름 붙인 늙은 말을 타고 천천히 길을 가고 있었습니다. 그때 어떤 기사가 다가와 이야기를 나누면서 가면 갈 길이 훨씬 짧게 느껴질 것 같다고 하면서 함께 가도 되겠느냐고 물었습니다. 그 기사는 젊고 쾌활한 사람이었고, 교제하는 태도도 훌륭하고 편안하게 보였습니다. 그는 어디에서 왔고 또 어디로 가는지 등에 관해서도 라바칸에게 이야기했습니다. 그런데 이 기사 역시 재단사 라바칸과 마찬가지로 상세한 계획 없이 세상을 돌아다니는 것처럼 보였습니다. 그는 이름은 오마르이고, 불행한 카이로의 총독, 엘피 바이의 조카라고 자신을 소개했습니다. 또 숙부가 죽으면서 부탁한 일을 처리하기 위해서 지금 여행하고 있다고 말했습니다. 라바칸은 자신에 대해서는 솔직하게 말하지 않고, 명문가 출신이고 재미삼아 여행하는 중이라고 말했습니다.

두 젊은이는 서로에게 호감을 느끼며 여행을 계속했습니다. 함께 있은 지 이틀째 되는 날 라바칸은 처리해야 할 일이 무엇인지 오마르에게 물었고, 놀랍게도 이런 이야기를 듣게 되었습니다.

"카이로의 총독이었던 엘피 바이는 아주 어렸을 때부터 오마르를 키웠습니다. 그래서 오마르는 부모님을 본 적이 없었습니다. 그런데 적에게 공격을 받아서 세 차례의 전투에서 패배하고 치명적인 부상을 입게 되어 도망갈 수밖에 없었을 때, 엘피 바이는 오마르가 자기 조카가 아니라 강력한 왕의 아들이라는 것을 털어놓았습니다. 그 왕은 점성가의 예언이 두려워서 스물두 살이 될 때 다시 보겠다는 맹세와 함께 어린 왕자를 궁에서 멀리 보냈다는 것이었습니다. 엘피 바이는 오마르에게 아버지의 이름을 말하지 않고, 스물두 살이 되는 라마단 달〔이슬람 달력의 9월이며, 이 기간 동안 이슬람교도는 일출에서 일몰까지 단식한다—옮긴이〕 오일에 알렉산드리아에서 동쪽으로 나흘 거리에 있는 유명한 기둥 엘-세루이아흐에 가 있으라는 아주 특별한 일을 주었습니다. 그리고 거기에 도착하면 '내가 당신들이 찾는 사람이오'라고 말하고 기둥에 서 있는 사람에게 자기가 주는 단도를 건네주라고 했습니다. 그러면 '당신을 보호해 주신 예언자를 찬미하노라'라고 그들이 말하면서 너를 아버지에게 데려다 줄 것이라는 것이었습니다."

재단사 라바칸은 이 이야기를 듣고 매우 놀랐습니다. 그는 이때부터 시기심이 가득한 눈으로 왕자 오마르를 쳐다보기 시작했습니다. 이미 권세 있는 총독의 조카였는데,

이제는 운명의 도움으로 왕의 아들이라는 지위가 오마르에게 주어지는 데 반해, 왕자에게 필요한 모든 것을 갖춘 자기에게는 우습게도 천한 출생과 평범한 인생이 주어진다는 사실에 분노하면서 말입니다. 라바칸은 자신과 왕자를 비교해 보았는데, 오마르의 용모가 훌륭하다는 점을 인정하지 않을 수 없었습니다. 오마르는 아름답고 생동감 넘치는 눈, 높게 솟은 코, 부드럽고 상냥한 태도 등 간단히 말해 누구나 자기 것이었으면 하고 바라는 외모를 가졌습니다. 그런데 오마르가 그렇게 많은 장점을 가졌다 하더라도, 라바칸 자신이 진짜 왕자보다 왕에게 더 환대받고 인정받을지도 모른다고 생각되었습니다.

하루 종일 이런 생각에 사로잡혀 있었던 라바칸은 여관에서 이런 생각을 품고 잠들었습니다. 다음 날 아침 라바칸은 행복을 꿈꾸며 편안하게 자고 있는 오마르를 물끄러미 쳐다보았습니다. 바로 그때 나쁜 팔자 때문에 갖지 못했던 행운을 간계와 폭력으로 얻으려는 생각이 라바칸에게 밀려왔습니다. 귀향하는 왕자의 표식인 단도가 잠자고 있는 오마르의 허리춤에서 살짝 나와 있는 것이 보였습니다. 조용히 단도를 빼내고 오마르의 가슴을 찌를까 했지만, 마음 약한 라바칸은 살인이라는 생각에 스스로 놀랐습니다. 그래서 단도와 더 빨리 달리는 오마르의 말을 훔치는 데 만족하기로 했습니다. 오마르가 깨어서 자신의 희망이 도둑맞은 것을 깨달았을 때, 신의 없는 동행자는 벌써 저만치 도망가 버리고 없었습니다.

라바칸이 왕자의 물건을 도둑질한 날은 성스러운 라마단 달의 첫날이었습니다. 라바칸이 잘 알고 있는 엘-세루이아흐 기둥까지 가는 데 나흘이 남았습니다. 이 기둥이 있는 지역까지 가는 데에는 길어야 이틀 정도 걸리지만, 라바칸은 진짜 왕자에게 붙잡힐까 봐 두려워 서둘러 갔습니다.

이틀째 되는 날 밤에 엘-세루이아흐 기둥이 보였습니다. 그 기둥은 넓은 평지의 작은 언덕에 있었고, 두세 시간이면 그곳에 갈 수 있을 것 같았습니다. 이 기둥을 본 라바칸의 심장은 더 세게 뛰었습니다. 지난 이틀 동안 왕자 역할을 어떻게 할 것인가를 충분히 생각했지만, 라바칸은 양심의 가책 때문에 두려웠습니다. 하지만 왕자로 태어난다는 생각으로 마음을 다시 다지고 스스로를 위로하면서 목적지를 향해 갔습니다.

엘-세루이아흐 기둥 주변은 사람이 살지 않는 황량한 곳이었습니다. 며칠 동안 필요한 식량을 준비한 덕분에 새 왕자는 곤란한 상황에 빠지지는 않았습니다. 라바칸은 말을 묶어 둔 야자수 밑에서 자신에게 다가올 운명을 기대하면서 잠들었습니다.

다음 날 정오쯤 평원에서 말과 낙타를 끌고 엘-세루이아흐 기둥을 향해 가는 큰 행렬을 라바칸은 보았습니다. 그 행렬은 기둥이 있는 언덕 기슭에 도착해서, 화려한 천막을 쳤습니다. 모양새가 부유한 총독이나 족장의 여행 같았습니다. 지금 보고 있는 사람들이 자기 때문에 이곳까지 오느라 애썼다는 느낌이 라바칸에게 들었습니다. 그래서 오늘이라도 당장 달려가서 미래의 왕인 자신을 보여 주고 싶었지만, 내일이면 대담하기 그지없는 시도가 실현될 것이라고 믿었기 때문에 라바칸은 그런 마음을 꾹 눌렀습니다.

아침 해가 행복하기 그지없는 재단사 라바칸을 깨웠습니다. 천하고, 이름도 없는 사람에서 왕의 옆자리로 떠받들어지는 존재로 새로 태어날 인생의 가장 중요한 순간이 온 것입니다. 기둥으로 가기 위해 말의 고삐를 맬 때, 자신이 내딛는 발걸음이 정직하지 못하다는 생각이 들었고, 또한 그 생각으로 아름다운 희망을 품고 있다가 배신당한 왕자의 고통이 눈에 아른거렸습니다. 그렇지만 주사위는 던져졌고, 이미 벌어진 일을 없었던 일로 돌이킬 수는 없었습니다. 라바칸은 자신에 대한 환상에 사로잡혀서 왕에게 아들이라고 말해도 될 만큼 당당하다고 스스로에게 말했습니다. 이런 생각에 고무된 라바칸은 말 위에 올라타서 온갖 용기를 내어 말을 힘차게 몰았습니다. 언덕의 기슭에 도착하는 데 십오 분도 채 걸리지 않았습니다. 그는 말에서 내려 나무에 말을 묶었습니다. 그러고 나서 오마르 왕자의 단도를 꺼내 들고 언덕 위로 올라갔습니다. 기둥 아래에는 여섯 명의 남자들이 왕같이 고귀한 노인 주변에 서 있었습니다. 금같이 화려한 웃옷, 어깨에 걸친 하얀 캐시미어로 된 숄 그리고 반짝이는 보석으로 치장된 터번으로 볼 때, 이 노인은 부와 지위를 지닌 사람이었습니다.

라바칸은 왕같이 보이는 노인에게 다가가서, 깊게 절을 하고는 단도를 내밀면서 말했습니다.

"내가 당신들이 찾는 사람이오."

그러자 노인은 기쁨의 눈물을 흘리면서 외쳤습니다.

"당신을 보호해 주신 예언자를 찬미하노라! 나의 사랑하는 아들 오마르야! 네 아버지를 안아 보아라."

재단사는 왕의 다정하고 엄숙한 말에 감동받았고, 기쁨과 부끄러움을 동시에 느끼며 왕의 품에 안겼습니다.

그렇지만 새로운 상황에 대한 황홀한 느낌도 짧은 순간이었습니다. 왕의 품 안에서 벗어났을 때, 평원에서 언덕을 향해 말을 타고 오는 사람이 보였기 때문입니다. 말 탄 사람과 말은 아주 기이한 모습이었습니다. 말은 고집 때문인지 피곤해서인지 비틀거리는 걸음으로 앞으로 가지 않으려는 것처럼 보였고, 다른 한편 말 탄 사람은 어떻게 하든 더 빨리 달리도록 손과 발로 말을 재촉했습니다. 라바칸은 자기 말 마르바와 진짜 왕자 오마르를 금방 알아보았습니다. 하지만 거짓이라는 사악한 마음이 라바칸에게 한번 들어왔기 때문인지, 라바칸은 결과가 어떻게 되든 간에 부당하게 얻은 권리를 뻔뻔하게 끝까지 주장해 보기로 결심했습니다.

멀리에서 보아도 말 탄 사람이 손짓하는 것이 눈에 들어왔습니다. 마르바가 잘 달리지 못했지만, 그는 이제 언덕의 기슭에 도착했고 말에서 황급히 내려 언덕으로 뛰어가서 소리쳤습니다.

"멈추시오! 누구인지 모르겠지만, 멈추시오! 저 파렴치한 사기꾼에게 속지 마시오! 내 이름은 오마르이고, 어떤 인간도 내 이름을 팔아서는 안 된다!"

일이 이렇게 되자 주변에 서 있던 사람들의 얼굴에는 깜짝 놀란 표정이 가득했습니다. 특히 노인은 매우 놀라고 당황해서 이 사람 저 사람에게 물어보았습니다. 라바칸은 안정을 겨우 되찾고 말했습니다.

"자비로우신 아버지여! 저 사람 때문에 당황하지 마십시오. 제가 아는 한, 저 사람은 알렉산드리아에서 온 재단사 라바칸입니다. 노여움보다는 동정을 받아야 할 사람입니다."

이 말을 들은 왕자는 화가 나서 미칠 지경이었습니다. 그는 분노로 입에 거품을 물고 라바칸에게 달려들려고 했지만, 주변에 서 있던 사람들이 그를 붙잡았습니다. 이 광경을 본 왕은 말했습니다.

"사랑하는 아들아! 정말로 저 사람은 제정신이 아니구나. 저 사람을 묶어서 낙타에 태우도록 하여라! 저 사람을 도와줄 수도 있을 테니까 말이다."

분노를 조금 가라앉힌 왕자는 울면서 왕에게 외쳤습니다.

"진심으로 말씀드리는데, 당신이 제 아버지입니다. 어머니를 생각하며 맹세하니, 제 말을 들어 주시옵소서."

왕이 말했습니다.

"당치도 않은 말을 하는구나. 저 사람이 또 미쳐서 황당한 말을 하는구나. 어떻게 저런 생각을 할 수 있단 말인가!"

그러고 나서 왕은 라바칸의 말을 잡고 언덕에서 내려갔습니다. 두 사람은 아름답고 화려한 안장으로 꾸며진 말에 올라 행렬의 선두에 서서 평원을 달렸습니다. 불쌍한 왕자는 손이 묶인 채 낙타에 앉아 있었습니다. 두 명의 기사가 옆에 서서 감시의 눈을 그에게서 떼지 않았습니다.

노인은 베하비텐의 술탄 사우드였습니다. 오랫동안 아이 없이 지내던 그에게 그토록 기다리던 왕자가 태어났습니다. 그런데 왕으로부터 예시를 부탁받은 점성가는 왕자가 스물두 살 때까지는 적에게 내쫓길 위험에 처할 것이라고 예언했습니다. 이 예언을 들은 왕은 왕자의 안전을 위해서 오랜 친구인 엘피 바이에게 왕자의 양육을 부탁했었고, 이 순간을 위해서 이십이 년을 고통스럽게 기다려 왔던 것이었습니다.

이 모든 것을 술탄은 궁으로 가는 길에 왕자에게 말해 주었고, 아들의 모습과 품위 있는 태도에 아주 만족스러워했습니다.

술탄의 나라에 도착했을 때, 술탄과 왕자 모두 기쁨과 환희에 찬 환영을 받았습니다. 왕자의 귀환 소식이 온 도시와 마을에 순식간에 퍼졌기 때문이었습니다. 왕과 왕자가 지나는 거리에는 꽃과 나뭇가지의 아치가 세워져 있었고, 온갖 색의 화려한 양탄자가 집집마다 걸려 있었습니다. 그리고 사람들은 이토록 훌륭한 왕자를 보내 준 신과 예언자를 목청을 다해 찬미했습니다. 이 모든 것을 보고 들은 재단사의 마음은 기쁨과 우쭐함으로 가득 찼습니다. 하지만 절망 가운데 꼭 묶인 채 행렬을 따라가는 진짜 오마르의 불행은 더 클 수밖에 없었습니다. 그에게 향했어야 할 환호성이 울려 퍼지는 가운데 어느 누구도 진짜 오마르에게는 관심을 보이지 않았습니다. 수많은 사람들이 오마르라는 이름을 불렀지만, 단 한 사람도 이 이름의 진짜 소유자인 왕자는 안중에 두지 않았습니다. 기껏해야 한두 사람이 누가 저렇게 묶여 가나요라고 물었고, 왕자를 감시하는 사람이 어떤 미친 재단사라고 대답할 때 그 대답은 왕자의 귀에 끔찍하게 울릴 뿐이었습니다.

마침내 행렬은 왕과 왕자를 맞이하기 위해 어느 도시보다 더 휘황찬란하게 모든 것이 준비된 수도까지 다다르게 되었습니다. 나이가 들었지만, 품위를 지닌 왕비가 성의 화려한 홀에서 온 신하들과 함께 왕과 왕자를 기다리고 있었습니다. 홀의 바닥은 커다란 양탄자로 덮여 있었고, 벽은 금빛의 실 장식과 은빛의 고리로 달려 있는 하늘색 천으로 장식되어 있었습니다.

행렬은 어두워졌을 때 도착했습니다. 그렇지만 홀은 공처럼 둥글고 환한 등이 켜져 있어서 낮과 같이 밝았습니다. 왕비가 앉아 있는 홀의 배경은 가장 밝고 화려한 등으로 밝혀져 있었습니다. 왕좌는 네 계단 위에 있었고, 순금과 커다란 자수정으로 장식되어 있었습니다. 네 명의 고귀한 태수는 빨간 비단으로 된 차양을 왕비의 머리 위에 받치고 있었고, 메디나의 족장은 하얀 공작 깃털로 된 부채로 왕비를 시원하게 해 주고 있었습니다.

이렇게 모든 것을 준비한 채 왕비는 왕과 왕자를 기다리고 있었습니다. 왕비도 왕자의 출생 이후로 왕자를 보지 못했습니다. 그렇지만 의미심장한 꿈 속에서 보고 싶었던 왕자를 보았기 때문에 많은 사람 중에 그를 알아볼 수 있을 것 같았습니다. 행렬의 소리가 가까이 들렸습니다. 트럼펫과 북소리가 사람들의 환호성과 뒤섞인 가운데 말발굽 소리가 궁의 뜰에 울려 퍼졌습니다. 행렬의 발소리가 더 가까워지면서 홀의 문이 활짝 열렸습니다. 그러자 엎드리고 있는 신하들 사이로 왕이 왕자의 손을 잡고 왕비에게 서둘러 갔습니다.

왕이 말했습니다.

"여기 보시오! 당신이 그토록 그리워하던 아들을 데려왔소."

그러자 왕비가 왕의 말을 막고 소리쳤습니다.

“이 사람은 내 아들이 아닙니다. 예언자가 꿈속에서 보여 준 왕자는 이런 모습이 아니에요!“

미신을 믿는다고 왕이 왕비를 탓하려는 순간에 문이 열리면서, 오마르 왕자가 뛰어 들어왔습니다. 그 뒤를 따라서 왕자를 있는 힘을 다해 붙잡으려는 경비병들이 들어왔습니다. 갑작스럽게 들이닥친 오마르는 숨을 몰아쉬면서 왕비 앞에 엎드려 외쳤습니다.

“여기에서 죽겠습니다. 비정하신 아버지, 저를 죽여 주십시오. 이런 모욕을 더 이상 참을 수가 없습니다!”

홀에 있던 사람들은 이 말을 듣고 모두 깜짝 놀랐습니다. 이 불행한 사람 주변에 사람들이 모여들었고, 헐레벌떡 쫓아 들어온 경비병들은 그를 붙잡아서 묶으려고 했습니다. 이때 아무 말 없이 놀란 모습으로 이 모든 것을 지켜보았던 왕비가 자리에서 벌떡 일어나서 외쳤습니다.

“멈춰라! 다른 사람이 아니라 바로 이 사람이 내 아들이다. 이 사람이 내가 보지는 못했지만 마음으로 알아볼 수 있는 내 아들이다!”

경비병들은 부지중에 오마르를 놓아 주었으나, 왕은 분

노에 가득차서 경비들에게 이 미친 사람을 묶으라고 소리치고 화가 난 목소리로 말했습니다.

"여기서 결정 내리는 사람은 바로 나다. 그것도 여자의 꿈이 아니라, 틀림없고 확실한 증표를 통해서 말이다. (라바칸을 가리키면서) 내 친구 엘피의 증표인 단도를 내게 가져온 이 사람이 내 아들이다."

이 말을 듣고 오마르는 외쳤습니다.

"저 자가 단도를 훔쳤습니다. 저 사람은 나의 순진한 믿음을 저버리고 저를 배반했습니다."

하지만 왕은 자신의 판단을 고집스럽게 믿었기 때문에 아들의 목소리에 귀 기울이지 않았습니다. 그래서 그는 불쌍한 오마르를 끌고 나가게 하고, 이십오 년 동안 화목하게 지내 온 왕비에게 몹시 화를 내면서 라바칸과 함께 방으로 갔습니다.

왕비는 이런 상황 때문에 근심에 빠졌습니다. 무엇인가를 알려 주는 듯한 꿈에서 그 불쌍한 사람을 보았기 때문에, 그녀는 사기꾼이 왕의 마음을 사로잡았다고 확신했습니다.

고통이 어느 정도 가라앉자, 왕비는 왕에게 틀렸다는 것을 어떻게 알려 줄지 고민하기 시작했습니다. 그렇지만 아들이라고 자칭하는 사람이 단도를 왕에게 주었기 때문에, 방법을 찾기가 여간 어려운 것이 아니었습니다. 또한 이 사기꾼은, 왕비가 들은 바에 따르면 오마르의 이전 삶에 관해서 많은 것을 이야기해서 아무도 눈치 채지 못할 정도로 왕자의 역할을 잘 하고 있었습니다.

왕비는 왕을 엘-세루이아흐 기둥으로 모시고 갔었던 사람들을 불러서 자초지종을 들었습니다. 그러고 나서 그녀는 이 문제에 관해서 가장 신뢰하는 여종들과 논의했고, 왕비와 여종들은 이런 저런 방법을 생각하고 그만두기를 거듭했습니다. 마침내 경험이 많고 지혜로운 체르케스〔카프카스 산맥에서 비롯된 종족—옮긴이〕 시종 멜레하살라흐가 말했습니다.

"왕비 마마! 제가 올바르게 들었다면, 단도를 가져온 바로 그 사람이 왕비께서 왕자라고 여기는 사람을 미친 재단사 라바칸이라고 불렀다지요?"

왕비는 대답했습니다.

"응, 그렇다니까. 그런데 어떻게 할 생각인가?"

멜레하살라흐가 말했습니다.

"이 사기꾼이 왕비님의 아들에게 자기 이름을 갖다 붙이지 않았나 싶습니다. 만일 그렇다면 이 사기꾼을 잡을 좋은 방법이 있습니다. 제가 왕비님께 은밀히 말씀드리지요."

왕비가 멜레하살라흐에게 귀를 갖다 대자, 그녀는 왕비에게 자신이 생각한 방법을 속삭였습니다. 왕비가 바로 왕에게 달려간 것을 보니 이 방법을 깊이 새겨들은 것 같았습니다.

왕비는 왕의 약점을 알고 잘 이용할 줄 아는 현명한 여자였습니다. 그녀는 왕의 결정에 따르고 그 사기꾼을 아들로 인정하는 것처럼 하면서 한 가지 청을 들어 달라고 부탁했습니다. 왕비에게 화낸 것을 미안하게 느꼈던 왕은 청을 들어주겠다고 했습니다. 그러자 왕비는 말했습니다.

"이 두 사람의 능력을 시험해 보고 싶습니다. 다른 사람이라면 말타기나 칼 쓰기 아니면 창던지기를 시험해 보겠지만, 이것은 누구나 할 수 있는 것이 아닙니까? 그래서 저는 세밀함과 판단력이 관련된 것을 시험해 보고 싶습니다.

두 사람에게 웃옷과 바지를 만들게 한 후에 누가 더 멋진 옷을 만들었는지 보고 싶습니다."

왕은 웃으면서 말했습니다.

"멋진 것도 생각해 냈구려. 내 아들이 당신이 좋아하는 재단사와 겨루어야 한단 말인가? 누가 좋은 옷을 만드는가를 말이오. 안 돼오. 그것은 안 돼오."

그러자 왕비는 청을 들어주기로 한 왕의 약속을 상기시켰습니다. 자신의 말에 책임지는 왕은 왕비의 청을 허락할 수밖에 없었습니다. 그렇지만 왕은 미친 재단사가 멋진 옷을 만들더라도 아들로 인정하지 않을 것이라는 점을 분명히 말했습니다.

왕은 라바칸에게 가서, 직접 짠 웃옷을 보고 싶다는 어머니의 변덕스러운 마음을 이해하라고 부탁했습니다. 행복한 라바칸은 기쁜 마음으로 웃었고, 왕비가 곧 자신에게서 기쁨을 느낄 것이라고 생각했습니다.

왕자와 재단사를 위한 방이 두 개 마련되었습니다. 두 사람은 각자의 방에서 솜씨를 발휘해야 했습니다. 이 두 사람에게는 충분한 비단, 가위, 바늘과 실이 주어졌습니다.

왕은 아들이 어떤 옷을 만들어 보여 줄지 몹시 궁금했고, 다른 한편 이 계획이 성공할지 실패할지 걱정하는 왕비의 심장은 막 뛰었습니다. 두 사람에게는 이틀이 주어졌고, 사흘째 되는 날 왕은 왕비를 불렀습니다. 왕비가 오자, 왕은 옷과 옷을 지은 사람을 데려오라고 했습니다. 라바칸은 의기양양하게 방으로 들어와서, 깜짝 놀란 왕의 눈앞에 옷을 펼쳐 놓고 말했습니다.

"보십시오, 아버님 그리고 사랑하는 어머님! 정말 멋진 옷이 아닙니까? 이렇게 멋진 옷을 만들 수 있는지 궁전에서 가장 기술이 좋은 재단사와 겨루어도 되지 않겠습니까?"

왕비는 웃으면서 오마르에게 고개를 돌렸습니다.

"무엇을 만들었느냐? 내 아들아!"

오마르는 화를 내면서 비단과 가위를 바닥에 내던졌습니다.

"나는 말과 칼을 다루는 법을 배웠고, 또 과녁에다 창을 정확하게 던지는 것을 배웠습니다. 그렇지만 바늘로 하는 기술 따위는 모릅니다. 이런 것은 카이로〔이집트의 수도—옮긴이]의 지배자인 엘피 바이의 수하에서 배우는 사람들에게는 어울리지 않습니다."

왕비는 외쳤습니다.

"왕의 아들이여! 너를 안고 아들이라고 부르고 싶구나."

그러고 나서 왕에게 고개를 돌리면서 말했습니다.

"왕이시여, 이런 술수를 사용한 점을 용서하소서! 누가 왕자인지 재단사인지 이제 아시지 않겠습니까? 왕께서 아들이라고 한 사람이 만든 옷은 정말 훌륭합니다. 어떤 명인에게서 그런 기술을 배웠는지 그에게 묻고 싶습니다."

왕은 왕비와 라바칸을 의심하듯이 번갈아 보면서 깊은 생각에 빠졌습니다. 이렇게 멍청하게 자신의 정체가 탄로나게 된 라바칸은 당혹스러움과 붉어지는 얼굴을 감추려고 애를 썼지만, 소용없었습니다. 왕이 마침내 입을 열었습니다.

"이 증거로는 충분하지 않다. 하지만 내가 속았는지 여부를 알 수 있는 방법을 알라가 알려 줄 것이다."

왕은 가장 빠른 말을 타고 도시에서 멀리 떨어지지 않은 숲으로 갔습니다. 오래된 전설에 따르면, 그곳에는 아돌자이데라고 하는 착한 요정이 살고 있었습니다. 이 요정은 어려운 시기에 왕의 조상들에게 조언과 도움을 주었기 때문에, 왕도 서둘러 숲으로 갔던 것이었습니다.

숲 가운데 삼나무로 둘러싸인 빈터가 있었습니다. 전설에 따르면, 바로 그곳에 요정이 살고 있었고, 두려움 내지 경외심 때문에 사람들은 이곳에 거의 오지 않았습니다.

그곳에 도착한 왕은 말을 나무에 묶은 뒤에 빈터의 중앙에 서서는 큰 목소리로 외쳤습니다.

"그대가 어려운 시기에 내 조상들을 도운 것이 사실이라면, 그 자손의 부탁을 모욕하지 말고 어디에서 내 생각이 모자랐는지를 말해 주시오."

그가 마지막 말을 마치기가 무섭게 삼나무 하나가 갈라지면서 긴 옷을 입고 베일로 얼굴을 가린 여인이 나왔습니다.

"사우드 왕이여, 무슨 일로 여기에 왔는지 알고 있습니다. 당신의 뜻이 옳기 때문에, 당신을 돕도록 하지요. 이 두 상자를 가져가서 당신의 아들이 되고자 하는 두 사람에게 하나를 선택하도록 하시오. 진짜 아들은 상자를 잘못 선택하지 않을 것입니다."

베일로 가린 여인은 이렇게 말하고 왕에게 작은 상자 두 개를 건네주었습니다. 상자는 상아로 만들어졌고 금과 진주로 장식되어 있었습니다. 왕이 열어 보려고 애를 쓴 상자의 뚜껑에는 다이아몬드로 글씨가 새겨져 있었습니다.

말을 타고 집으로 돌아오면서 왕은 애를 써도 열 수 없었던 상자 속에 무엇이 들어 있을까 골똘히 생각했습니다. 뚜껑에 새겨진 글씨 역시 어떤 실마리도 주지 못했습니다. 한 상자에는 '명예와 명성'이라는 글자가, 다른 상자에는 '행복과 부'가 새겨져 있었습니다. 똑같이 매력적이고 멋진 두 상자 가운데 하나를 선택하는 일은 왕이 생각해도 어려울 것 같았습니다.

궁전으로 돌아온 왕은 왕비를 불러서 요정이 한 말을 전해 주었습니다. 이 말을 들은 왕비는 자신의 마음이 쏠리는 사람이 왕의 혈통을 증명해 줄 상자를 선택할 것이라는 희망에 부풀었습니다.

왕 앞에 탁자 두 개가 놓였고, 이 탁자 위에 왕이 손수 두 상자를 올려놓았습니다. 그러고 나서 왕은 다시 자리에 돌아와서 홀의 문을 열라고 노예에게 손짓했습니다. 왕이 부른 수많은 총독과 태수들이 열린 문을 통해서 몰려왔습니다. 총독과 태수들은 벽을 따라 놓인 화려한 방석에 자리를 잡았습니다.

모두 자리에 앉자, 왕의 두 번째 손짓에 따라 노예는 라바칸을 데리고 들어왔습니다. 라바칸은 당당한 걸음으로 홀을 통과하고 왕 앞에 엎드리고 말했습니다.

"아버님, 무슨 명입니까?"

왕은 자리에서 일어나 말했습니다.

"아들아! 네가 진짜 왕자라는 주장을 의심하는 사람들이 있다. 이 상자 가운데 하나 속에 너의 진짜 출신을 확인해 줄 것이 들어 있다. 선택해라! 네가 진짜를 선택할 것을 믿어 의심치 않는다."

라바칸은 일어나서 상자 앞으로 갔습니다. 그리고 상자 앞에서 무엇을 선택할까 오랫동안 생각하다가 말했습니다.

"존경하는 아버님! 당신의 아들이 되는 행복보다 더 큰 것이 무엇이며, 당신이 내리는 자비의 풍부함보다 고귀한 것이 무엇이겠습니까? 저는 행복과 부가 새겨진 상자를 선택하겠습니다."

이 말을 듣고 왕은 말했습니다.

"네가 올바르게 선택했는지는 우리 모두가 나중에 알게 될 것이다. 우선은 메디나의 총독 옆에 앉도록 해라."

그리고 노예에게 손짓했습니다.

오마르가 불려 들어왔습니다. 그의 눈빛은 흐렸고, 표정은 슬펐으며 그의 모습은 참석한 사람들에게 연민을 불러일으켰습니다. 오마르는 왕 앞에 엎드려서 왕의 의중을 물었습니다.

왕이 상자 가운데 하나를 선택하라고 말하자, 오마르는 일어나서 탁상 앞으로 갔습니다.

그는 주의 깊게 두 상자에 새겨진 글을 읽고 나서 말했습니다.

"지난 며칠 동안에 행복이 얼마나 불안한 것이며, 부가 얼마나 허망한지를 배웠습니다. 또한 파괴할 수 없는 재산은 용감한 자의 가슴 속에 있는 명예이고, 행복같이 쉽게 사라지지 않는 것은 빛나는 별 같은 명성이라는 것을 깨달았습니다. 왕관을 포기할지라도 말입니다. 내 주사위는 던져졌습니다. 명예와 명성, 내가 너희를 선택하노라!"

그는 자신이 선택한 상자 위에 손을 올려놓았습니다. 왕은 그에게 멈추라고 명령하고, 라바칸에게 탁자 앞으로 오라고 손짓했습니다. 라바칸도 자신이 선택한 상자 위에 손을 올려놓았습니다.

왕은 메카의 성스러운 샘 젬젬의 물이 담긴 대야를 가져오게 하고, 기도하기 위해 손을 씻었습니다. 그러고는 얼굴을 동쪽으로 하고 엎드려서 기도하기 시작했습니다.

"우리 왕족을 수백 년 동안 깨끗하고 순수하게 지켜주신 내 조상의 신이여! 이 자리에 어울리지 않는 자가 아바시덴의 이름을 더럽히지 않도록 하옵소서. 이 시험의 순간에 당신의 보호와 함께 나의 진짜 아들에 가까이 계시옵소서!"

왕은 일어나서 왕위로 다시 올라갔습니다. 이 자리에 함께한 사람들은 기대에 차 있었고, 어느 누구도 감히 숨을 쉬지 못해서 쥐가 지나가면 그 소리가 들릴 정도로 조용했습니다. 모두들 긴장했고, 가장 뒤에 있는 사람들은 목을 길게 빼서 앞에 있는 상자들을 볼 수 있었습니다.

"상자를 열어라."

왕이 말하자, 그전에는 어떤 힘으로도 열리지 않던 상자가 저절로 열렸습니다.

오마르가 선택한 상자 속에는 금으로 된 작은 왕관과 지팡이가 빌로드로 된 쿠션 위에 놓여 있었습니다. 그런데 라바칸의 상자에는 큰 바늘과 약간의 실이 있었습니다! 왕은 두 사람에게 각자의 상자를 가져오라고 명령했습니다. 왕이 쿠션에 있는 작은 왕관을 손에 쥐고 쳐다보자 놀라운 일이 벌어졌습니다. 왕이 왕관을 들자, 왕관은 점점 커지기 시작해서 마침내 진짜 왕관 크기로 커졌습니다. 왕은 이 왕관을 무릎 꿇은 아들 오마르의 머리에 씌우고, 이마에 입 맞추고는 자신의 오른쪽에 앉으라고 했습니다. 그러고 나서 그는 라바칸에게 얼굴을 돌리고 말했습니다.

"구두장이는 구두 틀에 있어야 한다는 옛 속담이 있다. 보아 하니 너는 바늘과 함께 살아야 할 것이다. 네가 내 자비를 받을 자격이 없지만, 내가 오늘 거절할 수 없는 누군가가 너를 위해 나에게 부탁했다. 그래서 내가 너에게 생명을 선물하마. 그런데 서둘러서 내 나라를 떠나도록 하거라!"

꿈이 깨져 버린 불쌍한 재단사는 부끄러워 아무 말도 할 수 없었습니다. 그는 오마르 왕자 앞에 엎드렸고, 그의 눈에서는 눈물이 흘러나왔습니다. 그리고 재단사 라바칸은 말했습니다.

"저를 용서해 주시겠습니까? 왕자님!"

왕자는 라바칸을 일으키면서 대답했습니다.

"친구에게는 신의를, 적에게는 관용을 보이는 것이 아바시덴 가의 자랑이다. 평화롭게 가거라!"

그러자 "오, 내 진짜 아들아!"라고 늙은 왕은 감격해서 소리치고 왕자의 가슴에 안겼습니다. 태수와 총독 그리고 왕국의 고관들이 자리에서 일어나 외쳤습니다.

"새로운 왕자님, 만세!"

모든 사람들이 환호하는 가운데 라바칸은 상자를 겨드랑이에 끼고 조용히 홀을 떠났습니다.

라바칸은 왕의 마구간에 가서 자기 말 마르바를 타고 알렉산드리아를 향해 떠났습니다. 짧았던 왕자의 삶은 라바칸에게 꿈 같았습니다. 진주와 다이아몬드로 장식된 화려한 상자만이 그것이 꿈이 아니었다는 것을 생각나게 해 주었습니다.

마침내 알렉산드리아에 도착하자, 라바칸은 옛날 주인 집으로 가서 자기 말을 묶고는 작업실에 갔습니다. 라바칸을 바로 알아보지 못한 주인은 공손한 태도로 무슨 일로 왔는지 물었습니다. 하지만 손님을 좀더 자세하게 보고 라바칸이라는 것을 알자마자, 주인은 재단사들을 불렀습니다. 모두 화가 나서 라바칸에게 덤벼들었습니다. 이런 환영 인사를 기대하지 않았던 라바칸을 그들은 다리미와 자로 때리고 찔렀고, 또한 바늘로 찌르고 날카로운 가위로 꼬집었습니다. 라바칸은 마침내 낡은 옷더미 위에 지쳐서 쓰러졌습니다.

그렇게 쓰러져 있을 때, 주인은 라바칸에게 잃어버린 옷 때문에 치른 고생을 말해 주었습니다. 그 일 때문에 모든 것을 갚아 주기 위해 다시 왔고, 또 손해를 세 배로 배상하겠다고 라바칸이 말했으나 아무 소용이 없었습니다. 주인과 재단사들은 라바칸에게 다시 덤벼들어서 실컷 때리고는 문밖으로 내쳤습니다. 얻어맞아서 녹초가 된 라바칸은 마르바를 타고 카라반 숙소로 갔습니다. 그곳에서 그는 피곤한 머리를 누이고 세상의 고통에 대해서 생각했습니다. 제대로 인정받지 못하는 공로와 재물의 헛됨과 무상함에 대해서 말입니다. 라바칸은 위대하다고 생각되는 모든 것을 포기하고 진실한 사람이 되기로 결심하면서 잠들었습니다.

다음 날 아침에 라바칸은 자신의 결심을 후회하지 않았습니다. 주인과 동료 재단사의 무서운 손길이 온갖 위세와 환상을 쫓아낸 것 같았기 때문이었습니다.

라바칸은 많은 돈을 받고 보석상에게 상자를 팔았고, 그 돈으로 집을 사서 재단 일을 하기 위해 작업실을 꾸몄습니다. 그는 '재단사 라바칸'이라는 간판으로 가게를 열었고, 상자 속에 있던 바늘과 실로 주인이 마구 찢어 버렸던 옷을 수선하기 시작했습니다. 다른 일로 자리를 잠시 비웠다가 다시 돌아와 앉았을 때, 얼마나 기이한 일이 벌어졌는지! 바늘이 누구의 도움도 없이 저절로 움직였습니다. 이 바늘은 라바칸이 가장 예술적으로 느끼면서 일할 때에도 만들지 못할 정도로 섬세하고 멋진 바느질을 했습니다.

이것은 착한 요정의 아주 작은 선물이었지만, 라바칸에

게는 정말로 유용하고 가치 있는 것이었습니다. 이 선물은 다른 면에서도 가치가 있었습니다. 실이 떨어지는 법이 결코 없었습니다. 그 덕분에 바늘은 하고 싶은 만큼 마음껏 일할 수 있었습니다.

라바칸에게는 많은 손님이 생겼고, 곧 주변에서 가장 유명한 재단사가 되었습니다. 그가 옷감을 재단하고 바늘로 첫 뜸을 뜨면, 바늘이 옷이 완성될 때까지 알아서 일을 했습니다. 명인 라바칸은 일을 멋지고 싸게 했기 때문에 온 도시 사람이 금방 그의 고객이 되었습니다. 그런데 알렉산드리아 사람들은 라바칸이 동료도 없이 문을 잠근 채 일한다는 것에 대해서는 고개를 갸우뚱거렸습니다.

행복과 부를 약속했던 상자의 단어는 이렇게 실현되었습니다. 크지는 않지만 행복과 부가 착한 재단사 라바칸의 길에 동행자가 되었던 것이었습니다. 모든 사람의 입에 오르내리는 젊은 왕 오마르의 명성을 들었을 때 그리고 이 왕이 자신의 국민에게는 자랑이자 사랑이지만 적들에게는 두려움이라는 것을 들었을 때, 한때 왕자였던 라바칸은 혼자 생각했습니다.

"명예와 명성은 위험한 것이니까, 재단사인 게 더 좋아."

라바칸은 스스로에게 만족하고 사람들로부터 존경받으며 살았습니다. 그리고 만약에 바늘이 그 힘을 잃지 않았다면, 아직도 착한 요정 아돌자이데의 영원한 실로 일하고 있을 것입니다.

~~~~~

해가 뜨자 카라반은 길을 나섰으며 곧 순례자의 샘이라는 비르케트 엘 하드에 도착했습니다. 여기에서 카이로까지는 다섯 시간 걸리는 거리였습니다. 이 시간쯤 되어서 사람들은 카라반의 도착을 기다렸고, 상인들은 카이로의 친구들이 마중 나오는 기쁨을 맛보았습니다. 상인들은 베벨 팔흐라는 문을 통해 도시로 들어갔습니다. 예언자가 이 문을 지나간 까닭에 메카에서 올 때 이 문을 통과해야 행운을 얻는다고 사람들이 믿었기 때문이었습니다.

네 명의 터키 상인들은 시장에서 셀림 바루흐와 그리스
~~~~~

상인 잘로이코스에게 작별을 고하고, 마중 나온 친구들과 집으로 갔습니다. 잘로이코스는 셀림 바루흐에게 좋은 카라반 숙소를 가리키면서 점심 식사를 같이 하자고 초대했습니다. 셀림 바루흐는 그 제안에 동의하고, 옷을 갈아입고 다시 오겠다고 말했습니다.

잘로이코스는 여행 중에 호감을 갖게 된 셀림 바루흐를 잘 대접하기 위해서 식사를 정성스럽게 준비했습니다. 음식과 음료수가 모두 준비되었을 때, 잘로이코스는 자리에 앉아서 손님을 기다렸습니다.

방을 향해 무겁고 천천히 다가오는 발소리가 들렸습니다. 잘로이코스는 손님을 문에서 환대하기 위해 자리에서 일어났습니다. 그런데 문을 열었을 때, 그는 깜짝 놀라서 뒷걸음질 쳤습니다. 그 끔찍한 빨간 망토를 입은 사람이 그에게 다가왔기 때문이었습니다. 잘로이코스는 다시 쳐다보았습니다. 이것은 환영이 아니라, 분명히 빨간 망토의 남자였습니다. 크고 당당한 모습, 검은 눈이 번득거리는 가면 그리고 금실로 수놓은 빨간 망토 이 모든 것은 잘로이코스가 인생의 가장 끔찍했던 시절의 경험으로 너무도 잘 알고 있는 것들이었습니다.

모순된 감정이 잘로이코스의 가슴에서 솟구쳐 올랐습니다. 그는 기억 속의 이 사람과 이미 화해했고 그를 용서했지만, 그를 직접 보게 되자 모든 상처가 다시 살아나는 것이었습니다. 죽음에 대한 공포로 고통스러웠던 시간과 청춘을 망치게 했다는 원망이 그 짧은 순간에 그의 영혼을 휙 하고 지나갔던 것이었습니다. 빨간 망토의 남자가 꼼짝도 않고 문턱에 서 있는 것을 보고, 잘로이코스는 외쳤습니다.

"무엇을 또 원하느냐? 이 끔찍한 인간아! 저주를 퍼붓기 전에 내 앞에서 빨리 사라지거라!"

가면 아래에서 낯익은 목소리가 나왔습니다.

"잘로이코스! 손님을 이렇게 대접합니까?"

이렇게 말한 빨간 망토는 가면을 벗고, 망토를 뒤로 젖혔습니다. 이 사람은 낯선 남자, 셀림 바루흐였습니다.

하지만 잘로이코스는 아직도 마음이 진정되지 않은 것 같았습니다. 셀림 바루흐에서 폰테 베키오 다리에서 만났던 그 남자의 모습을 너무도 생생하게 기억하게 되었기 때문에, 잘로이코스는 앞에 서 있는 셀림 바루흐를 보자 두려웠습니다. 하지만 초대한 손님을 대접하는 풍습이 복잡한 마음보다 더 컸기 때문에 잘로이코스는 함께 식사하자고 아무 말 없이 손짓했습니다.

두 사람이 자리를 잡고 앉자, 셀림 바루흐가 먼저 입을 열었습니다.

"무슨 생각을 하는지 알고 있습니다. 당신의 눈은 묻는 듯이 나를 향해 있습니다. 아무 말도 하지 않고, 당신에게 이 모습을 보여 주지 않을 수도 있었습니다. 하지만 그 사건에 대해 해명할 책임을 느꼈습니다. 그래서 당신의 저주를 무릅쓰고 옛 모습으로 당신 앞에 감히 서게 된 것입니다. 당신이 얼마 전에 말했죠? '조상의 믿음이 그 사람을 용서하도록 일렀고, 그 사람은 아마 나보다 더 불행하다'라고 말입니다. 이 말을 믿고 말하니, 내 변명을 들어 주십시오.

당신의 이해를 도우려면 나는 한참 거슬러 올라가 이야기해야 합니다. 나는 알렉산드리아에서 기독교인 부모에게서 태어났습니다. 프랑스의 유명한 가문의 자손인 아버지는 알렉산드리아의 프랑스 영사였습니다. 나는 열 살부터 프랑스의 외삼촌 집에서 양육되었는데, 프랑스 혁명의 발발로 프랑스에서 더 이상 안전하지 못하게 된 외삼촌과 함께 바다를 건너 아버지에게 도피했습니다. 성난 프랑스의 민중이 우리에게서 앗아간 안정과 평화를 아버지 집에서 다시 찾을 수 있다는 희망을 품고 우리는 아버지 집에 도착했습니다. 그런데 아버지 집이 있는 곳의 상황은 바라던 것과는 거리가 있었습니다. 격동의 시대에 불어닥친 폭풍우가 아직 여기까지 오지 않았지만, 바로 그렇기 때문에 불행은 우리 집 깊은 곳까지 들이닥쳤습니다. 아버지의 일등 서기관이었던 나의 형은 이웃에 살던 피렌체의 귀족 집안의 딸과 얼마 전에 결혼했습니다. 그런데 우리가 도착하기 이틀 전에 형의 부인이 갑자기 사라졌고, 우리 가족이나 그녀의 아버지도 그녀에 대한 어떤 흔적도 찾을 수 없었습니다. 그래서 사람들은 그녀가 너무 멀리 산책 갔다가 도적의 손에 끌려갔다고 믿었습니다. 이렇게 믿는 것이 곧 밝혀진 실종의 전말보다 불쌍한 형에게는 더 큰 위로가 되었을 텐데, 사실은 그렇지 않았습니다. 이 부정한 여인은 자기 집에서 알게 된 나폴리 청년과 함께 배를 타고 도망쳤던 것이었습니다. 이 사실을 알고 분노에 찬 형은 그 여자를 벌주기 위해서 온갖 수단을 동원했습니다. 하지만 아무 소용이 없었고, 나폴리와 피렌체에서 주목을 끌었던 그의 시도는 그와 우리 모두의 불행을 더 크게 할 뿐이었습니다. 피렌체의 귀족은 형에게 권리를 찾아주겠다는 구실로 고국으로 돌아갔지만, 사실은 우리를 파멸로 몰고 갔습니다. 피렌체의 귀족은 형이 착수한 모든 조사를 방해했습니다. 나아가 온갖 영향력을 다 행사해서 아버지와 형이 정부의 의심을 받고 치욕스러운 방법으로 프랑스로 끌려가도록 했으며, 끝내는 망나니의 도끼로 처형되게 했습니다. 이 일로 어머니는 실성하게 되었고, 십 년 동안 고생한 끝에 마지막 며칠을 제정신으로 보내다가 이 고통스러운 세상을 떠났습니다. 이렇게 해서 나는 이 세상에 혼자가 되었고, 한 가지 생각만이 내 정신을 사로잡았습니다. 이 생각만이 슬픔과 고통을 잊게 해 주었습니다. 이 생각은 어머님이 마지막 순간에 내게 타오르게 한 강력한 불꽃이었습니다.

마지막 순간에 제 정신을 찾은 어머니는 나를 불러서 우리의 운명과 자신의 죽음에 관해서 조용히 말했습니다. 그녀는 모두 방에서 나가게 하고 침대에서 일어나 엄숙한 표정으로 말했습니다. 그녀가 부탁하는 일을 한다고 약속하면, 내게 축복을 내리겠다고 말입니다. 나는 죽어 가는 어머니의 말에 감동되어서 그녀가 말하는 것을 이행하겠다고 약속했습니다. 그러자 그녀는 피렌체 귀족과 그 딸을 향해서 온갖 저주를 퍼붓기 시작했고, 그 저주와 함께 불행하게 된 우리 집안에 대한 복수를 내게 명령했습니다. 그렇게 하고 나서 그녀는 내 품에서 죽었습니다. 복수에 대한 생각은 이미 오래전부터 내 마음 속 깊은 곳에 자리 잡고 있었는데, 이제 힘차게 깨어나게 되었습니다. 나는 부모님의 재산을 모았고, 이 재산 모두를 복수를 위해 사용할 것이며 그렇지 않을 경우에는 스스로 목숨을 끊겠다고 맹세했습니다.

나는 곧 피렌체로 가서 가능한 한 은밀히 머물렀습니다. 내 계획은 늙은 피렌체 귀족의 변화된 상황으로 훨씬 어려워졌습니다. 그는 총독이 되었기 때문에 내 계획에 대해 조금이라도 낌새를 챈다면 나를 없앨 온갖 수단을 손에 쥐고 있었습니다. 도움의 손길은 우연히 찾아왔습니다. 어느 날 저녁에 하인 옷을 입은 어떤 사람이 걸어가는 것이 보였습니다. 불안정한 걸음걸이, 어두운 눈빛 그리고 '제기랄' '빌어먹을' 등 작게 내뱉는 푸념으로, 나는 그가 알렉산드리아에서 알게 된 피렌체 귀족의 늙은 하인 피에트로인 것을 알 수 있었습니다. 그가 주인에게 화가 난 것을 확신하고, 나는 그의 기분을 이용하기로 결심했습니다. 이런 곳에서 나를 만나 깜짝 놀랐으나, 그는 총독이 된 이후로 주인의 비위 맞추기가 무척 어려워졌다고 불평을 늘어놓았습니다. 그의 분노에 내 돈이 더해져서 그는 곧 내 편이 되었습니다. 이렇게 해서 가장 어려운 일은 해결되었습니다. 언제라도 내 적의 문을 열어 줄 사람을 내 편으로 만들었습니다. 그때부터 나의 복수 계획은 더 빨리 진행되었습니다. 늙은 피렌체 귀족의 생명은 우리 가문의 몰락에 비하면 너무도 하찮은 것으로 여겨졌습니다. 이 귀족도 자신이 가장 아끼는 사람, 딸 비앙카가 살해된 것을 봐야만 했습니다. 그녀가 형에게 모독을 주면서 죄를 범했으니까, 그녀야말로 우리 불행의 원인이었습니다. 마침 비앙카가 두 번째 결혼을 한다는 소식이 복수에 목마른 나에게 바라는 대로 들려왔습니다. 그녀를 죽여야겠다는 결심이 섰습니다. 하지만 이 일은 내게 두려웠고, 그렇다고 늙은 피에트로가 이 일을 할 힘이 있다고 믿을 수도 없었습니다. 또 피렌체의 어느 누구도 총독에게 그런 짓을 할 수 없기 때문에 나는 이 일을 피렌체 사람에게는 맡길 수가 없었습니다. 이때 피에트로가 묘안을 생각해 내서, 타지 사람이자 의사인 당신을 가장 적절한 사람이라고 제안했습니다. 그 다음 일은 당신도 잘 알고 있습니다. 당신이 지나치게 조심스러웠고 정직했기 때문에 우리의 계획이 실패하는 것처럼 생각되었습니다. 망토와 관련된 사건 말입니다.

피에트로는 총독 집의 문을 우리에게 열어 주었습니다. 그는 원래 우리가 도망칠 수 있도록 집밖으로 데려다 주었어야 하는데, 문틈으로 보이는 끔찍한 광경을 보고 놀라서 도망치고 말았습니다. 두려움과 후회에 쫓기는 마음으로 나는 이백 보 이상을 도망쳐서, 교회의 계단에 주저앉았습니다. 그곳에서 나는 정신을 다시 차렸는데, 첫 번째 든 생각은 발각될 경우에 당신과 당신에게 닥칠 운명이었습니다.

나는 총독 집으로 다시 갔지만, 피에트로와 당신의 흔적을 어디에서도 찾을 수가 없었습니다. 문이 열려 있어서, 당신이 도망칠 수는 있었겠다고 생각했었습니다.

날이 밝자, 발각에 대한 두려움과 거부할 수 없는 죄책감 때문에 나는 더 이상 피렌체에 머물 수가 없었습니다. 나는 서둘러 로마로 갔습니다. 며칠 뒤에 로마에서도 그리스 의사를 살인자로 붙잡았다고 하면서 사람들이 이 사건을 이야기할 때, 내가 얼마나 놀라고 당황했는지 모릅니다. 나는 불안한 마음으로 피렌체로 돌아갔습니다. 내 복수가 너무도 가혹한 것처럼 여겨졌고, 그 복수가 당신의 생명이라는 값비싼 대가로 이루어졌기 때문에 복수를 저주했습니다. 나는 당신의 손이 잘리는 날에 도착했습니다. 당신이 처형대에 올라서 고통을 담담히 견디는 것을 보았을 때 내가 느낀 것을 말하지 않겠습니다. 하지만 당신의 피가 분수처럼 튀어 나갈 때, 당신의 여생을 평안하게 해 주자고 굳게 결심했습니다. 그 이후에 일어난 일은 당신도 알고 계십니다. 이제 남은 일은 왜 당신과 함께 이 여행을 했는지 이야기하는 것입니다.

당신이 나를 용서하지 않았을 것이라는 생각이 무거운 짐처럼 나를 억눌렀습니다. 그래서 나는 당신과 며칠 지내고 나서 당신에게 저지른 일을 설명하기로 결심했습니다.

잘로이코스는 손님의 말을 아무 말 없이 들었고, 손님이 말을 마치자 부드러운 눈길로 오른손을 내밀었습니다.

"당신이 나보다 더 불행했다는 것을 나는 알고 있었습니다. 그 끔찍한 일이 먹구름처럼 당신의 나날을 영원히 어둡게 만들었으니까요. 나는 진심으로 당신을 용서합니다. 그런데 한 가지 물어봐도 되겠습니까? 어떻게 이런 모습으로 사막에 왔지요? 콘스탄티노플에 나에게 집을 사준 후에 무슨 일을 했는지요?"

질문 받은 셀림 바루흐는 대답했습니다.

"나는 알렉산드리아로 돌아갔습니다. 모든 인간에 대한 증오가 내 가슴속에서 미친 듯이 일었습니다. 특히 문명국이라고 불리는 나라에 대한 증오가 타올랐습니다. 이슬람교도와 지내는 것이 내게는 더 좋았습니다. 내가 알렉산드리아에 도착해서 몇 달이 채 지나지 않아서 우리나라 사람들이 상륙했습니다. 나는 우리나라 사람들에게서 나의 아버지와 형을 죽인 사람의 모습을 보았습니다. 그래서 나는 지인들 가운데 같은 생각을 가진 청년 몇 명을 모아서, 프랑스 군대를 벌벌 떨게 한 이집트 기병대와 한 편이 되었습니다. 전쟁이 끝났을 때, 나는 예전과 같은 평화의 상태로 돌아갈 생각을 할 수 없었습니다. 나는 뜻을 같이 하는 몇 명의 친구들과 전투하고 사냥하면서 떠도는 삶을 살았습니다. 나를 왕처럼 존경하는 사람들 가운데 사는 것에 만족합니다. 유럽 사람들처럼 문명화되지 않았지만, 내 동료 아시아인들은 시기와 중상모략 그리고 이기심과 공명심과는 거리가 먼 사람들이니까요."

잘로이코스는 그의 대답에 감사하다고 인사했습니다. 그렇지만 그의 신분과 교양으로 볼 때 유럽의 기독교 국가에서 사는 것이 그에게 더 적절할 것이라는 점도 숨기지 않고 말했습니다. 잘로이코스는 그의 손을 잡고, 죽을 때까지 같이 살자고 부탁했습니다.

셀림 바루흐는 감격해서 잘로이코스를 쳐다보며 말했습니다.

"그렇게 말하는 당신을 보니, 당신이 나를 용서했고 나를 사랑한다는 것을 알겠습니다. 진심으로 감사하는 내 마음을 받아 주십시오."

용사와 같은 모습, 검고 빛나는 눈 그리고 깊고 신비로운 목소리로 섬뜩하게 느껴지는 셀림 바루흐는 벌떡 일어나서 잘로이코스 앞에 서서 말했습니다.

"당신의 제안은 정말 훌륭합니다. 어느 누구에게도 좋은 제안일 것입니다. 하지만 나는 당신의 제안을 받아들일 수 없습니다. 내 말에 안장은 올려져 있고, 내 부하들은 나를 기다리고 있습니다. 잘 있으시오, 잘로이코스!"

운명을 통해서 멋지게 맺어진 친구들은 작별하기 위해 포옹했습니다. 잘로이코스가 물었습니다.

"당신을 어떻게 불러야 하지요? 내 기억 속에 영원히 남을 친구의 이름이 무엇입니까?"

낯선 남자 셀림 바루흐는 잘로이코스를 오랫동안 바라보고, 다시 손을 꼭 잡고 말했습니다.

"사막의 주인이라고 부릅니다. 나는 도적 오르바산입니다."

|작품 해설|

빌헬름 하우프Wilhelm Hauff는 1802년 11월 29일 독일의 슈바벤 지방 슈투트가르트에서 태어났습니다. 일곱 살 때에 뷔르템베르크 공국의 공무원이었던 아버지가 세상을 떠나자, 하우프는 튀빙겐의 외할아버지 집에서 지내게 되었습니다. 이곳에서 그는 후에 문학의 자양분 노릇을 하는 외할아버지의 도서관에서 많은 책을 만날 수 있었습니다. 하우프는 어머니의 뜻에 따라 신학을 공부했고, 후에 튀빙겐 대학에서 철학박사 학위를 취득했습니다. 그렇지만 그는 학자보다는 작가로서의 길을 선택했고, 몇 년 되지 않은 짧은 작가 생활 동안 많은 작품을 남겼습니다. 대표작으로 《사탄의 회고록》(1825), 《달에 있는 남자》(1826), 《리히

텐슈타인》(1826), 《교양 계층의 자녀들을 위한 동화 연감 1826》, 《교양 계층의 자녀들을 위한 동화 연감 1827》, 《교양 계층의 자녀들을 위한 동화 연감 1828》 등을 꼽을 수 있습니다. 이 책 《카라반》은 《교양 계층의 자녀들을 위한 동화 연감 1826》에 포함된 하우프의 널리 알려진 작품입니다.

《카라반》은 형식적인 면에서 보면, 이야기들이 서로 맞물린 '액자이야기Rahmenerzählung'로 구성되어 있습니다. 즉 카라반의 셀림 바루흐와 상인들의 이야기를 뼈대로 하는 틀(액자)과 그 틀 속에서 그림처럼 펼쳐지는 여섯 개의 이야기들이 서로 맞물려 있습니다. 이런 구성 덕분에 독자는 경험담을 나누기로 한 상인들의 결정과 더불어 액자(상인들의 경험담) 속으로 들어가고, 이야기 중간(가령 상인들이 쉴 때)에 액자에서 나오기도 하고 이야기가 시작되면 다시 들어갑니다. 또한 독자는 셀림 바루흐와 잘로이코스가 만나는 마지막 부분에서 액자에서 나오면서 이야기 전체를 다시 볼 수 있게 됩니다. 이런 《카라반》의 구성을 생각하면서 그 내용을 살펴보도록 하지요.

카라반은 교역을 위해 먼 길을 함께 여행하는 상인들의 무리입니다. 상인들은 함께 여행하면서 사막에서 일어나는 도적들의 습격이나 그 밖의 일을 서로 도와 가며 해결합니다. 그리고 긴 여행길에서 시간을 함께 보내면서 이야기로 무료함을 달래기도 합니다. 하우프의《카라반》도 셀림 바루흐와 상인들이 긴 여정 가운데 함께 나누는 진기하고 환상적인, 때로는 무시무시한 여섯 개의 이야기들로 구성된 동화 같은 이야기입니다. 더워서 잠 못 이루는 여름밤에 들었던 공포 이야기와 길고 지루한 겨울밤에 할머니와 어머니의 무릎을 베고 들었던 이야기와 비슷하다고 생각하면 어떨까요?

사막에서 갑자기 나타나 동행하게 된 셀림 바루흐는 쉴 때마다 흥미로운 이야기를 서로 해 주자고 제안했고, 일행의 동의를 얻어 첫 번째 이야기꾼으로 나서서 〈황새가 된 칼리프〉 이야기를 들려주었습니다. 바그다드의 칼리프 하시드는 허물없이 지내는 재상 만소르를 위해 잡화 상인에게서 이런저런 물건들을 사는 중에 이상한 가루약과 알 수 없는 고문서를 구입하게 되었습니다. 고문서 학자의 도움으로, 이 가루를 들이마시고 '무타보르'라고 외치면 동물로 변하고 동시에 동물의 말도 알아들을 수 있다는 것과 동물로 변해 있는 동안 웃어서는 안 되며 혹 웃게 되면 사람으로 다시 돌아올 수 없다는 것을 알게 되었습니다. 하시드와 만소르는 호기심으로 이 가루약을 시험해서 황새로 변했는데, 황새들의 추임새와 말에 그만 웃음을 터뜨리는 바람에 마법의 주문을 잊어버리게 되었습니다. 사람으로 돌아갈 수 없다는 생각에 실의에 잠겨 돌아다니던 중 하시드와 만소르는 이 모든 것이 마법사 카슈누르의 계략인 것을 알게 되었습니다. 카슈누르는 자신의 아들 미즈라와 결혼하지 않은 인도의 공주 루사를 부엉이로 만들고, 하시드에게 마술 가루를 팔고 미즈라를 총독으로 오르게 하는 등 나쁜 짓을 저질렀던 것입니다. 청혼을 조건으로 한 부엉이의 도움을 받아 하시드와 만소르는 다시 사람으로 변하게 되었고, 마법사 카슈누르에게는 벌을 내렸습니다. 그리고 칼리프 하시드는 청혼과 함께 아름다운 여인으로 변한 인도의 공주와 결혼해서 행복하게 살았습니다.

다음 이야기는 가장 연장자인 아흐메트 상인이 들려준 〈유령선 이야기〉입니다. 그는 젊었을 때 아버지를 갑자기 여의게 되었고, 얼마 안 되는 돈을 들고 충실한 시종 이브라힘과 함께 고향을 떠났습니다. 항해 중에 폭풍우를 만나 배는 파선되었고 시체들이 즐비한 유령선에 오르게 되었습니다. 그런데 그 시체들이 밤만 되면 다시 살아나서 싸움을 벌였던 것입니다. 아흐메트와 이브라힘은 낮에 시체들을 떼어 바다에 버리려 했지만 성공하지 못했고, 밤이면 코란의 경구로 된 주문을 읊조려 시체들의 소동을 피해갈 수 있었습니다. 그러던 중 육지에 가게 된 아흐메트와 이브라힘은 물라이라는 현인의 도움으로 배 안에 있는 시체들을 끌어 내릴 수 있었고, 특히 돛대에 박힌 채 죽은 선장을 풀어 주고 그로부터 자초지종을 듣게 되었습니다. 아흐메트는 오십 년 동안 마법에 걸려 고생한 선장을 도와주고, 감사의 표시로 배와 배에 남아 있는 물건을 받았습니다. 그는 이것을 밑천 삼아 장사를 했고, 많은 이익을 남겨 고향 발소라로 돌아왔습니다. 이때부터 발소라에서는 청년들이 열여덟 살이 되면 아흐메트처럼 행운을 잡으러 세상으로 나가게 되었습니다. 아흐메트는 오 년마다 성지 메카로 가서 죽은 선장과 선원들을 위해 기도했습니다.

세 번째로 그리스 상인 잘로이코스가 〈잘린 손 이야기〉를 들려주었습니다. 콘스탄티노플에서 태어난 잘로이코스는 통역관이자 상인인 아버지의 뜻에 따라 프랑스 파리에서 삼 년 동안 의학을 공부하고 프랑스 사절단의 의사로 고향을 다시 찾게 되었습니다. 그런데 아버지는 이미 세상을 떠나셨고 대부분의 재산은 신부의 손에 넘어간 뒤였습니다. 그는 다시 고향을 뒤로 하고 프랑스의 여러 도시들을 돌아다니며 의사와 상인으로서 많은 돈을 벌었습니다. 그런 중에 잘로이코스는 이탈리아 피렌체에 정착하게 되었는데, 어느 날 죽은 누이동생을 멀리 있는 부모님께 보이기 위해 머리라도 잘라 가져가고 싶다는 빨간 망토를 입은 사나이의 청을 들어주게 되었습니다. 그런데 잘로이코스는 시신이 아니라 살아 있는 총독의 딸을 죽이게 되어 살인자로 내몰려 사형 선고를 받게 되었고, 친구 발레티의 도움으로 간신히 목숨은 건지게 되었지만 판례에 따라 왼손이 잘린 채 그 도시에서 추방당했습니다. 그런데 빨간 망토의 사나이는 콘스탄티노플로 다시 돌아온 잘로이코스를 위해 집과 재산을 마련해 놓았고 해마다 금화를 보내어 그의 여생을 돌보아 주었습니다. 그래서 잘로이코스는 빨간 망토의 사나이에 대해서 괴로운 경험을 여전히 갖고 있었지만, 그에게 고결한 면이 있다고 생각해서 그를 용서할 수 있었다고 상인들에게 말했습니다. 이 이야기를 듣고 감동받은 셀림 바루흐는 잘로이코스의 남다른 이해심과 그 고결한 마음을 칭찬했습니다.

이야기가 오고 가는 중에 천막 밖에서는 도둑 오르바산으로 소동이 일어났는데, 셀림이 이렇게 사람이 많은데 왜 그렇게 소동을 떠는지 모르겠다고 하자, 아흐메트는 오르바산에 관한 소문을 근거로 그가 무서운 도적이라고 설명했습니다. 이 말은 들은 상인 레자흐는 오르바산이 한낱 좀도둑이 아니라는 것을 자신의 동생 경험을 빌려 이야기했습니다. 그러는 중 붉은 별이 그려진 파란 천을 매단 창을 천막에 꽂으라는 셀림 바루흐의 제안에 따름으로써 도둑들과의 싸움을 피할 수 있게 되었습니다. 위기를 넘긴 카라반 상인들은 이제 레자흐의 동생 이야기 〈파트메의 구출〉을 들었습니다.

레자흐에게는 늙은 아버지를 정성껏 돌보는 사이가 좋은 무스타파와 파트메라는 동생이 있었습니다. 파트메의 열여섯 살 생일 잔치에서 뱃놀이를 하던 중 파트메와 무스타파의 연인인 조라이데가 해적들에게 납치되어 노예로 팔려가게 되었습니다. 무스타파는 늙은 아버지의 시름을 풀기 위해 동생과 연인을 찾아 나섰는데, 도적인 오르바산에게 술리에이카라는 총독으로 오인받아 누명을 쓰고 죽음 직전까지 갔습니다. 하지만 무스타파는 오르바산의 오해를 벗고, 위험한 상황에 처하게 되면 자기를 찾아 도움을 청하라는 오르바산의 약속까지 받게 되었습니다. 무스타파는 우여곡절 끝에 동생과 연인이 노예로 팔려 간 곳을 알아냈고, 약속을 지킨 오르바산와 노예 여인의 도움을 받아 동생과 연인을 구출하고 함께 고향으로 돌아갈 수 있었습니다.

다음으로 젊은 상인 물라이가 〈난쟁이 무크 이야기〉를 들려주었습니다. 난쟁이 무크는 터키 북서부의 도시 니케아에 살았습니다. 그는 물라이가 어렸을 때 친구들과 함께 버릇없이 놀려 댔다가 아버지에게 호되게 혼난 적이 있어서 정확하게 기억하는 사람이었습니다. 난쟁이로 태어난 무크는 아버지가 돌아가시자 아버지의 유품인 옷과 칼을 가지고 행운을 찾아 고향을 떠났습니다. 여행 중 굶주림으로 고생하던 무크는 아하브지 부인 집에서 머물게 되어 한동안 일을 도와주며 편히 지낼 수 있었습니다. 하지만 그 집에서 행운은 오래 가지 못해서 평소 잘 돌봐 주었던 강아지의 도움으로 보물 창고에 숨겨져 있던 마법의 지팡이와 슬리퍼를 훔쳐서 떠나게 되었습니다. 무크는 마법 슬리퍼 덕분에 왕의 전령이 되어 각별한 신임을 받았지만, 그로 인해 다른 신하들의 시기와 질투를 받고 음모에 빠지게 되었습니다. 다른 신하들의 마음을 사려고 무크는 마법 지팡이를 이용해 금화를 찾아서 신하들에게 나누어 주다가 오히려 음모에 빠져 왕의 오해를 받게 되고 감옥에 갇히게 되었습니다. 난쟁이 무크는 왕에게만 지팡이와 슬리퍼의 비밀을 털어놓고 겨우 목숨을 건졌지만, 빈털터리가 되어 쫓겨나게 되었습니다. 그렇지만 신기한 무화과를 발견하고 무화과 장수로 변장해서 마법의 지팡이와 슬리퍼를 되찾았습니다. 그리고 무크는 사람들을 경멸하는 마음으로 먼 곳으로 가서 부유하지만 외롭게 살았습니다. 물라이는 아버지로부터 무크에 대한 이런 이야기를 듣고 착한 사람에게 거칠게 행동한 것을 크게 뉘우쳐서 무크가 살아 있을 동안 성직자를 대하듯 존경했다고 했습니다.

마지막으로는 상인 알리 시자흐가 자신의 이야기는 아니지만, 〈가짜 왕자에 관한 동화〉를 들려주었습니다. 옛날 이집트 북부에 있는 알렉산드리아에 라바칸이라는 한 재단사가 살았는데, 성실하게 일할 때는 솜씨 좋은 일꾼이었지만 가끔은 고상하고 점잖은 척하며 거리를 배회하는 이상한 행동을 했습니다. 어느 날 라바칸은 술탄 동생의 멋진 예복을 손질하게 되었는데, 그만 그 옷을 입고 도망쳤습니다. 그러던 중 부모를 찾으러 가는 왕자 오마르를 만나 길을 같이 가게 되었습니다. 라바칸은 동행 중에 오마르의 이야기를 듣고 오마르 왕자 행세를 해야겠다고 마음 먹고는, 오마르가 잠든 사이에 왕자의 징표인 단도를 훔쳐 달아났습니다. 라바칸은 오마르의 아버지 사우드 왕을 만나 아들로 인정받았습니다. 그렇지만 왕비는 미친 재단사로 오해받은 오마르를 보고 그가 진짜 아들임을 확신했습니다. 그래서 왕비는 시종의 의견을 듣고 오마르와 라바칸으로 하여금 옷을 만드는 실력을 겨루게 하자고 왕에게 간청했습니다. 왕은 왕비의 간청을 들어 재단 실력을 겨루게 했고, 이를 통해 라바칸이 왕자가 아니라 재단사인 것이 밝혀졌습니다. 하지만 왕은 그 결과를 인정하지 않고, 요정 아돌자이데의 도움을 받아 보석 박힌 두 개의 상자를 가져와서 진짜 왕자를 가려냈습니다. 라바칸은 실과 바늘이 든 상자를, 오마르는 왕관이 든 상자를 선택하게 됨으로써 오마르가 진짜 왕자인 것으로 밝혀졌습니다. 라바칸은 큰 죄를 저질러 죽어 마땅했지만 용서를 받고 자신이 선택한 보석 상자를 가지고 고향으로 돌아가서, 상자에 있던 신기한 실과 바늘 덕분에 부자가 되어 행복하게 살았습니다.

카라반의 여정이 끝나 카이로에 도착한 상인들과 셀림 바루흐는 작별 인사를 나누고 헤어졌습니다. 여행 중 셀림 바루흐에게 호감을 가졌던 잘로이코스는 묵을 만한 여관을 소개하고, 그를 점심 식사에 초대했습니다. 초대에 흔쾌히 응한 셀림 바루흐는 숙소에서 옷을 갈아입고 잘로이코스에게 갔습니다. 그런데 점심을 함께 하기 위해 기다리고 있던 잘로이코스 앞에 나타난 사람은 다름이 아닌 빨간 망토의 사나이였습니다. 잘로이코스는 흥분하며 적개심을 품었지만, 오래전에 그를 용서했기 때문에 셀림 바루흐의 이야기를 경청했습니다. 셀림 바루흐는 알레산드리아의 프랑스 영사의 둘째 아들로서 가족과 오랫동안 떨어져 살았다가 가족을 만났는데, 형이 피렌체 귀족 딸과의 결혼으로 어려움을 겪고 있다는 것을 알게 되었습니다. 형은 형수가 도둑들에게 잡혀 갔을 것이라고 걱정했지만, 사실 형수는 나폴리 청년과 눈이 맞아 도망쳤습니다. 피렌체 귀족 딸의 아버지는 형의 명예를 회복시켜 주겠다고 했지만 부인을 찾으려는 형의 노력을 온갖 수단을 써서 방해했습니다. 그리고 아버지와 형을 죽음에 이르게 했고, 이 일로 어머니는 정신이상으로 고생하다가 세상을 떠났습니다. 셀림 바루흐는 집안을 파탄으로 몰아간 피렌체 귀족에게 복수하기 위해 잘로이코스를 이용했지만, 왼손을 잃게 한 죄책감으로 잘로이코스에게 집과 재산을 고향에 마련해 주었고 해마다 금화를 보내게 된 것이라고 설명했습니다. 또 셀림 바루흐는 형과 아버지를 죽게 한 프랑스를 등지고, 이집트의 군인으로 전쟁을 치렀고 전쟁이 끝난 후 동료들과 만족스럽게 살고 있다고 했습니다. 그의 이야기를 듣고 난 잘로이코스는 셀림을 진심으로 용서하면서 진실한 친구로서 함께 살기를 권했습니다. 셀림은 잘로이코스의 호의에 찬 제안에 감사하지만, 자신을 기다리는 동료들 때문에 그렇게 할 수 없다고 사양했습니다. 기이한 운명으로 맺어진 두 사람이 이별하는 순간 잘로이코스가 셀림에게 이름을 묻게 되었는데, 셀림 바루흐는 사막의 주인 오르바산이라고 자신을 밝히며 떠났습니다.

우리는 시간적으로 그리고 공간적으로 멀리 떨어진 나라의 이야기를, 그것도 19세기 초 독일 작가가 중동 지역에 관해 쓴 동화 같은 이야기를 왜 읽을까? 가 보지 않은 나라와 낯선 사람과 문화에 대한 호기심 때문이 아닐까? 하우프가 가 보지 않은 곳을 상상력을 빌려 이야기로 적었듯이, 우리는 글을 읽으면서 꿈틀거리는 상상력으로 미지의 세계를 경험하고 싶은 것은 아닐까? 가령 긴 사막의 여정을 함께 나서는 상인들은 어떤 옷을 입었고 무엇을 먹고 마셨을까? 또 어디에서 쉬었으며 쉴 때는 무슨 일을 했을까? 상인들은 어떤 도시에서 성장했고, 어떤 일들을 겪었을까? 낯선 도시들은 어디에 있을까 그리고 그 도시들은 어떻게 생겼을까? 이렇게 계속되는 물음에 대한 답은 흥미진지하고 때로는 오싹한 일들로 가득한 이야기를 읽으면서 어렴풋이 찾을 수 있을 것입니다. 즉 우리는 이야기를 읽으면서 펼쳐지는 상상의 날개를 통해서 정확하지 않지만 어렴풋한 이미지를 그릴 수 있을 것이고, 나아가 그 이미지를 가지고 우리 자신의 이야기를 쓸 수 있을 것입니다. 가슴에 담아 두면서 혹은 어딘가에 적어 두면서 말입니다.

우리는 하우프의 이야기에서 친숙하지 않은 단어를 만나면서 다른 문화를 접할 수 있는 기회를 갖게 됩니다. 즉 칼리프, 술탄, 메카, 코란, 라마단 등과 같이 자주 볼 수 없는 단어가 사용되는 이슬람권 문화를 생각할 수도 있다는 것입니다. 물론 해당 문화권에 대한 정확한 지식은 아니겠지만, 이야기를 읽으면서 느끼는 감정과 머릿속에 그려지는 이미지는 다른 글과 매체를 통해서 확인되고 수정되면서 좀더 구체적인 모습을 띠게 될 것입니다. 그렇게 하면서 우리는 다른 문화에 대한 이해를 스스로 높일 수 있을 것이며 좀더 친숙하게 다가갈 수 있을 것입니다. 아울러 우리 문화와 비교하면서 다른 문화뿐만 아니라 우리 문화를 다시 생각할 수도 있을 것입니다.

우리는 동화 같은 이야기에서 많은 정보를 얻지는 못하겠지만, 이런 이야기를 통해 날개를 얻은 상상력은 우리를 시간과 공간이라는 엄연한 현실의 경계를 뛰어넘게 해 줍니다. 이 상상력 덕분에 우리는 이야기의 주인공이 되어서 위험 가득한 모험의 길을 함께 나서기도 하고, 악당 역을 맡아 주인공을 위험에 빠뜨리는 색다른 경험도 할 수 있습니다. 어렸을 때 동네 아이들과 함께 하던 소꿉놀이, 병원

놀이, 병정놀이 등도 이런 상상력 덕분이었지요. 사실과 숫자에 대한 확신과 믿음이 지배하는 세상에서 상상력은 아직도 자기 몫이 있다고 우리에게 말을 건넵니다. 그 말에 귀를 기울이는 자세로 하우프의 이야기를 읽으면 어떨까요? 잠시 갇혀 있던 상상력이 날개를 펼치기 바라면서…

|작가 연보|

1802 11월 29일 슈투트가르트Stuttgart에서 정부의 비서관인 프리드리히 아우구스트 하우프Friedrich August Hauff와 에어랑겐Erlangen의 저명한 법학교수의 딸이었던 헤드비히 빌헬미네 엘제세어Hedwig Wilhelmine Elsäßer 사이에서 둘째로 태어났다.

1805-1806 아버지 아우구스트 하우프가 뷔르템베르크 정부의 의심을 받아 체포되어 9개월 동안 구금되었다. 혐의에서 벗어난 아버지는 지방 법관의 신분으로 가족과 함께 튀빙겐Tübingen으로 이사했다.

1808 아버지가 외교부의 관리가 되어, 하우프 가족은 슈투트가르트로 다시 돌아왔다.

1809 아버지 아우구스트 하우프는 세상을 떠났고, 그 후 나머

지 가족은 외할아버지가 있는 튀빙겐으로 다시 이사했다. 외할아버지 집의 도서관 덕분에 빌헬름은 문학적 소양을 기르는 좋은 기회를 갖게 되었다.

1817 빌헬름 하우프는 '스콜라 아나톨리카Schola Anatolica' 김나지움을 마쳤고, 이해 가을부터 신학자가 되기를 원했던 어머니의 소원대로 블라우보이렌Blaubeuren의 수도원 학교에 다녔다.

1820 하우프는 튀빙겐 대학에서 신학 공부를 시작했다.

1823 가을에 뇌르들링겐Nördlingen에 사는 친척을 방문했고, 그때 사촌 루이제와 사랑에 빠졌으며 반 년 뒤에 약혼했다.

1824 약혼 후에 글을 본격적으로 쓰기 시작했고, 작가로서 생업을 이어갈 것을 결심했다. 그렇지만 학업을 계속해서 철학 공부를 마쳤고, 전 고위 관리 집의 가정교사로 일했다. 수입이 가정을 꾸리기에는 충분하지 못했던 탓에 결혼은 하지 못했다.

1825 마지막 시험에 합격해서 철학박사 학위를 취득했다. 그리고 학생생활에 대한 풍자를 다룬 《사탄의 회고록》 집필을 마쳤고, 또한 《교양 계층의 자녀들을 위한 동화 연감 1826》을 출간했다.

1826 《달에 있는 남자》가 출간되었고, 이 저서로 문학적인 전

환을 이루게 된다. 역사소설 《리히텐슈타인》이 완성되었다. 작가로서 생활을 유지할 수 있게 되자, 가정교사 일을 그만두고 창작에 몰두했다.

1826 5월 약혼녀를 방문하고 난 후에, 강연과 출판사 일 등으로 독일과 유럽의 여러 도시를 방문하는 긴 여행에 올랐다. 이 시기에 《교양 계층을 위한 아침 신문》의 편집을 맡아 달라는 독일의 저명한 출판가 코타의 제안이 있었고, 계속되는 여행에서 여러 문인들과 교제를 갖게 되었다. 그리고 뇌르들링겐에 돌아와서 결혼 날짜를 정했다.

1827 1월에 《교양 계층을 위한 아침 신문》의 편집자로 일을 시작했다. 2월 13일에 약혼녀 루이제와 결혼했다. 《교양 계층의 자녀들을 위한 동화 연감 1828》이 출간되었다. 여름에 역사소설을 쓰기 위한 자료를 모으기 위해 티롤로 갔으나, 8월에 집으로 돌아왔다. 《교양계층을 위한 아침신문》을 위해 같이 일했던 시인 빌헬름 뮐러의 장례식에 참가했을 때 걸린 감기가 신경성 열병으로 악화되어서 병석에 눕게 되었다. 11월 18일 병석에 누운 하우프는 태어난 지 1주일을 갓 넘은 딸을 남기고 세상을 떠났다.

김용현

고려대학교 문과대학 독어독문학과를 졸업했고 같은 대학원에서 석사학위를 취득하고 박사과정을 수료했다. 독일 지겐대학교에서 일반문예학과 독어독문학, 미디어학을 수학했고 〈미디어사회에서의 문학적 글읽기〉라는 주제로 철학박사 학위를 취득했다. 구성주의, 독서, 이해 등에 관한 논문을 발표했으며, 현재 고려대학교 연구교수로서 문화, 커뮤니케이션, 독서, 번역 등에 관한 연구를 수행하고 있다.

카라반 | 고려대학교청소년문학시리즈 012
초판 발행 · 1쇄 2009년1월5일 | 지은이 빌헬름 하우프 | 옮긴이 김용현
펴낸곳 고려대학교출판부 | www.kupress.com kupress@korea.ac.kr
136-701 서울특별시 성북구 안암동 | Tel 02-3290-4230, 4232 Fax 923-6311
찍은곳 (주)이환B
값 8,000원 ISBN 978-89-7641-675-9 04850 | ISBN 978-89-7641-639-1 (세트)
* 잘못 만들어진 책은 바꿔드립니다.